AF146142

Ursula Geier

Übers Meer und Querfeldein

Für Charly

Ursula Geier

Übers Meer

und

Querfeldein

Bibliographische Informationen der Deutschen Bibliothek:
Die Deutsche Bibliothek verzeichnet diese Publikation in
der Deutschen Nationalbibliographie; detaillierte bibliographische Daten sind im Internet über http://dnb.ddb.de
abrufbar.

© Juli 2009 – Ursula Geier

Herstellung und Verlag:
BoD - Books on Demand, Norderstedt
Printed in Germany

Titelfoto: Daniel Huber

ISBN 978-3-73476-571-1

Mein Gott war das wirklich ich? Vor zwei Jahren hatte ich noch laut getönt: "Nie mehr kommt mir ein Mann ins Haus, ich hab die Schnauze voll von diesen Exoten!"

Na ja, wenn ich es so richtig bedenke lebte ich damals schon getrennt von meinem Mann und befasste mich mit Auswanderungsplänen, die ich dann in die Tat umsetzte.

Kurze Zeit später war ich in Spanien auf der schönen Insel Mallorca gelandet und hatte dort mein eigenes Haus bezogen. Ich war so happy wie schon lange nicht mehr, richtig frei, ein Wahnsinnsgefühl auf das ich nie mehr verzichten wollte.

Endlich konnte ich das tun was ich schon immer hatte tun wollen. Mein Haus nach meinem Geschmack einrichten, die Wände in allen Farben streichen die ich liebte, zum Beispiel schweinchenrosa, oder sonnengelb und natürlich orange und babyblau.

Kein Mensch würde mich anschreien und an mir rummeckern, ein wundervolles Gefühl. Und dann würde ich schreiben und Bilder malen und Musik hören und mich in die Sonne legen, lieber Gott ich danke Dir, ich bin glücklich.

Und genauso kam es auch, ich schrieb und malte und ich tat all das was ich mir immer gewünscht hatte und fühlte mich so wohl wie schon seit vielen Jahren nicht. Manchmal war es schon ein komisches Gefühl so ganz alleine in einem Haus zu sein, aber ich hatte ein Appartement und das vermietete ich an einen alleinstehenden Herrn. Er war etwas wortkarg und altmodisch aber er sollte bei mir wohnen mehr nicht.

Und es war so wie ich es oft in Märchen gelesen hatte, sie lebten glücklich und zufrieden bis ans Ende ihrer Tage. Ja, ich hatte all das wovon ich lange Jahre geträumt hatte. Dann kam mein 48 zigster Geburtstag und ich ging in ein Tanzcafe um ein wenig zu feiern. Es gefiel mir weil die Musik schön und romantisch war und Leute in meinem Alter dort verkehrten.

Damals schwärmte ich für Nino de Angelo und deswegen ging ich schnurstracks auf den DJ zu und wünschte mir das Lied: "Ich will nicht mehr sterben". Dann spendierte ich dem DJ ein Drink und setzte mich in eine gemütliche Nische, dort trank ich einen Campari Orange und freute mich meines Lebens.

Irgendwann tauchte dann der DJ auf und bat mich um einen Tanz, es blieb nicht bei dem einen und ich tanzte bis zum frühen Morgen. So ein Kribbeln im Bauch machte sich bei mir breit und ich dachte mir nichts dabei, es wurde aber bei jedem Wiedersehen mit dem DJ stärker und stärker. Und dann stellte ich fest, es hat mich erwischt, ich war verliebt.

Was noch schlimmer war, das Kribbeln im Bauch verwandelte sich in Schmetterlinge im Bauch und genau das wollte ich doch nicht mehr. Schön das es ihm dem DJ genauso erging wie mir, er hatte eine nicht so erfreuliche Beziehung hinter sich und wollte sich auch nicht mehr verlieben, aber ihn hatte es auch erwischt.

Und noch einer war verliebt in meinen DJ, mein Kater Cimba, bei ihm war es "Liebe auf den ersten Blick", darüber freute ich mich besonders, denn Tiere sind unbestechlich und Cimba konnte Zuneigung gut brauchen, sein erster Herrchen war nicht besonders freundlich zu ihm gewesen.

Wir beide mein DJ und ich unternahmen vieles zusammen und wir lernten uns näher kennen. Wir redeten über fast alles, er war auch oft über Nacht bei mir, aber wir sprangen nicht miteinander in die Kiste, wie man es heute so oft und so locker tut. Uns beiden erschien es wichtig sich erst einmal kennen zu lernen bevor man miteinander schläft. Nicht umgekehrt, so nach dem Motto, okay der Sex mit Dir war gut, wie heißt Du eigentlich und was tust Du sonst so?

Inzwischen war meine Scheidung durch die fast drei Jahre gedauert hatte und ich fühlte mich noch besser. Dann fragte mich mein Freund ob ich ihn heiraten wolle. Ich freute mich riesig und gleichzeitig bekam ich Angst, dachte an meine erste Ehe und an meine Kinder und wusste nicht so recht was ich sagen sollte.

Inzwischen war meine langjährige Freundin Bruni aus Deutschland bei mir eingetroffen und ich stellte ihr meinen Freund vor. Natürlich mochte sie ihn sofort und meinte: "Also wenn Du ihn nicht nimmst, dann nehme ich ihn, der ist ja so lieb und echt süß!"

So kannte ich meine Bruni gar nicht, normalerweise gab sie sich ganz verschlossen und eher zugeknöpft, jetzt taute sie immer mehr auf und schien richtig glücklich hier auf der Insel zu sein. Ich wollte nicht, dass sie meinen DJ bekam, den wollte ich schon selber haben.

Wir wollten in Spanien heiraten aber das es dauerte fast neun Monate bis wir die Papiere hatten, dann fehlte wieder eins und noch eins, und schließlich hatten wir genug von dem Spiel und entschieden uns dafür in unserer Heimat Deutschland den Bund der Ehe ein zu gehen.

Ja, wir waren uns nicht einig, das fing schon gut an, so dachte ich bei mir, und dabei sollte es unsere erste gemeinsame Reise werden, unsere Hochzeitsreise.

Mein Bräutigam wollte unbedingt mit dem Flugzeug fliegen er mochte keinen Bus und keine Bahn, er meinte da gäbe es nur Stress. Mit dem Flieger sei alles viel einfacher, man nehme ein Taxi fahre zum Flughafen, steige in den Flieger und sei nach wenigen Stunden am Urlaubsziel.

Nein, nein, nein, sagte ich, das will ich nicht, ich will eine romantische Hochzeitsreise mit Bahn und allen drum und dran. Da sehe ich die schöne Landschaft, reise bequem und kann zwischendurch auch mal aussteigen.

Langsam war ich richtig sauer und wollte nichts mehr hören. Ich hasste

Flugzeuge und fliegen machte mir Angst, okay es ging schnell, aber ich wollte es eben nicht. Außerdem wieso sollte ich das machen was mein Bräutigam wollte, ich hatte meine eigene Meinung.

Wir debattierten noch eine Weile dann einigten wir uns auf die Reise mit der Bahn und ich freute mich riesig darauf, nun mussten wir uns noch auf ein Reiseziel einigen, dann konnte es los gehen.

Und dann taten wir das was alle tun wenn sie eine Reise machen wollten, wir gingen in ein Reisebüro. Dort nahmen wir Kataloge mit und sahen alles in Ruhe durch. Natürlich wurden wir zusätzlich beraten, aber so schnell konnten wir uns nicht entscheiden.

Das war total super, in Gedanken reisten wir in verschiedene Länder eines davon war Russland, wir nahmen natürlich die Eisenbahn, das war ein Erlebnis, fast hätten wir uns dafür entschieden. Aber bei näherer Betrachtung dauerte es uns dann doch viel zu lange, und die Kälte die gefiel uns beiden gar nicht. Nur so ganz aus dem Kopf bekamen wir Russland nicht, es geistert immer noch in unseren Gedanken herum.

Die Türkei handelten wir ganz schnell ab, nicht unser Land, es machte uns schon Angst wie schnell man dort wegen eines mitgenommenen Steines verhaftet werden kann. Und Erdbeben soll es geben, das gefiel uns nicht, dann gab es noch die Frauenfeindlichkeit die uns störte.

Italien mochte mein Schatz nicht weil er da so oft gewesen war, verstand ich zwar nicht, aber unbedingt hin wollte ich nicht, also strichen wir es schnell von unserer Liste und kamen zu Griechenland.

Ich muss zugeben Griechenland zog mich an und tut es heute noch, und ich weiß es ganz sicher, da will ich bestimmt noch einmal hin und wenn es noch Jahre dauern sollte. Irland die grüne Insel wurde von mir abgehakt, und dann hatten wir ganz plötzlich unser Traumland, es war Frankreich, genauer gesagt die Carmarque.....

Was wir in den Prospekten sahen war wunderschön, die Weite der Landschaft, die Lavendelfelder, die Wildpferde und die Flamingos, alles so beeindruckend das ich sagte: "Das ist es, da will ich hin, das muss ich sehen!"
Wir waren uns einig, und verstanden nicht mehr warum wir uns vorher so angegiftet hatten, schließlich wollten wir unsere Hochzeitsreise machen, natürlich mussten wir vorher heiraten. Vermutlich war es das lange Hick Hack der spanischen Behörden gewesen das uns so genervt hatte. Sie woll-

ten immer wieder ein Papier das noch fehlte und irgendwann hatten wir genug von dem Papierkrieg und beschlossen in Deutschland zu heiraten.

Nie hatte ich gedacht das "Heiraten" so überaus stressig sein könnte noch dazu in meinem zarten Alter, schließlich zählte ich schon 49 Lenze und befand mich bereits im fünfzigsten Lebensjahr. Aber das machte mir nicht einmal die größten Sorgen, besorgt reagierte ich über das Alter meines Freundes der ganze elf Jahre jünger als ich war. In meinen Augen noch ein "Junger Spund", wie würde das in 10 oder 20 Jahren sein?

Schnell wischte ich die vermeintlichen Sorgen vom Tisch und dachte so für mich das ich wenn es soweit war, auch noch darüber nachdenken könnte. Jetzt hatte ich wichtigeres zu denken und zu tun. Das für mich im Augenblick Allerwichtigste war mein Brautkleid.

Mein erstes Brautkleid tauchte vor meinem geistigen Auge auf, gerade so, als wäre es erst Gestern gewesen. Nicht gerade feierlich, eher schlicht, ein dunkelblaues Kostüm und auch noch mit einem Faltenrock. Ich kann Röcke nicht leiden und in Falten gelegte Röcke überhaupt nicht, und die Farbe dunkelblau ist ebenso wenig meine Farbe. Unter der Kostümjacke eine schlichte weiße Bluse, alles nicht mein Ding, nichts fröhliches, alles langweilig und für mich zu trist. Meinem ersten Mann gefiel es, er fand es angemessen, ein grausiges Wort. Dazu noch meine Frisur, schlicht und einfach hochgesteckt und das obwohl ich schöne lange schwarze Haare hatte. Mein Hochzeitstrauß bestand aus gelben Nelken, die ich nicht so gerne mochte.

Je länger ich darüber nachdachte um so weniger verstand ich warum ich mich damals nicht gegen das gewehrt hatte was ich nicht gemocht hatte, war ich denn wirklich so verliebt gewesen oder einfach nur zu jung um zu widersprechen, ich denke das Erstere. Nur eines wusste ich ganz sicher, dieses Mal würde alles anders werden, ich würde nichts tun, was mir nicht gefiel...

Und nun suchten wir einen Laden für Brautkleider in Spanien, wir fanden ihn auch, aber die Brautkleider gefielen mir nicht und die Preise dafür noch weniger. Ich weiß noch, dass die Brautkleider schöner und bunter wie in Deutschland waren und die Hüte und Schleier dazu konnten sich echt sehen lassen. Von den Schuhen gar nicht zu reden, da gab es wunderschöne und genau passende zu fast jedem Brautkleid. Schade, dass kein Brautkleid für meinen Geschmack und meinen Geldbeutel dabei war.

Eine liebe Freundin von mir, Inge hörte davon und versprach mir ganz spontan ein Kleid für mich zu schneidern. Und tatsächlich tat sie es, und es wurde wunderschön, genauso wie ich es mir gewünscht hatte. Mein extra für mich angefertigtes Hochzeitskleid war aus Seide und sogar bemalt, ich strahlte vor Glück und fühlte mich einfach wunderbar. Immer wieder schaute ich mein Kleid an und bewunderte die zarte Seidenmalerei. Ich habe es noch heute und es sieht genauso schön aus wie vor zwanzig Jahren.

Aber es dauerte noch eine Weile bis wir beide endlich nach Deutschland fahren konnten um dort zu heiraten. Zuerst besuchte uns mein Sohn um hier in Spanien Urlaub zu machen und den "Neuen" kennen zu lernen. Er war gerade mal 17 Jahre und lebte damals bei seinem Vater in Deutschland. Meine beiden Mädchen waren 23 und 27

Jahre und hatten ihre eigenen Wohnungen.

Es hat mich oft belastet das die Familie so auseinander gerissen worden war, aber ich hatte nach 25 Jahren einfach nicht mehr die Kraft gehabt so weiter zu leben und mich zur Trennung entschlossen und nach Spanien aus zu wandern. Oft übermannte mich die Verzweiflung und ich fiel in ein tiefes Loch aus dem ich mich dann wieder mühsam befreien musste. So ganz langsam erholte ich mich, aber es dauerte über ein Jahr bis ich wieder so richtig lachen konnte.

Die Traurigkeit schien zu schwinden wenn sich Besuch aus Deutschland ansagte, in diesem Fall der jüngste Sohn von mir, er war erst 17 Jahre und wir hatten uns fast zwei Jahre nicht gesehen. Wie würde er auf den neuen Mann in meinem Leben reagieren, das beunruhigte mich schon sehr.

Dann war er da, seltsam fremd erschien er mir und ziemlich erwachsen, ich wünschte mir so sehr das die alte Vertrautheit zwischen uns sich wieder einstellen würde, aber es dauerte einige Zeit. Mein Sohn beobachtete den "Neuen" kritisch und behandelte ihn kühl um nicht zu sagen eiskalt. Aber mein Verlobter zeigte sich von seiner nettesten Seite und ich freute mich das es zwischen den Beiden so entspannt zuging.

Vier Wochen blieb mein Sohn in Spanien und es gefiel ihm gut, für immer wollte er nicht kommen, zu Besuch schon. Dann hatte sich meine große Tochter mit Familie angesagt. Mittlerweile war ich Großmutter von zwei süßen Enkelkindern, ich freute mich riesig das ich die Kleinen in die Arme nehmen konnte. Wir verbrachten schöne Stunden und die Kinder freuten sich über die hohen Wellen am Strand, sie konnten nicht genug davon kriegen.

Am besten gefiel ihnen das Pommes und Hamburger essen konnten und ausnahmsweise ein kleines Coca Cola dazu trinken durften.

Es war schon lustig wie der Mann an meiner Seite von meinen Kindern begutachtet wurde. Sie dachten vermutlich wir bemerkten es nicht, taten wir wohl, aber wir beschlossen es uns nicht anmerken zu lassen. Klar, dass wir uns herrlich amüsierten wenn sie einmal mich und dann meinen Freund auf die Probe stellten. Irgendwie fand ich es schon toll wie sie sich Sorgen um mich machten, dabei war es völlig unnötig, ich fühlte instinktiv das ich mit meinem Verlobten die richtige Wahl getroffen hatte.

So einige kleine Begebenheiten will ich doch berichten, da waren die "Hau ab Versuche" des Sohnes, den Bräutigam einfach mal so schlicht und einfach weg zu ekeln, mittels Zahnpastaglas zu entfernen, Sachen von ihm zu verstecken, oder sich nur flegelhaft zu benehmen. Alles vergebene Liebesmühe, der Mensch ließ sich nicht ärgern, er blieb gleichbleibend freundlich und unangreifbar.

Später kam der Sohn des Bräutigams, ein lieber Mensch auf den ersten Blick, dann entpuppte er sich als kleiner Störenfried und zeigte der Braut, dass er mit ihr absolut nicht einverstanden sei. Seine Mutter die erste Frau des Bräutigams wäre viel hübscher und überhaupt was wollte denn sein Vater mit dieser Frau.

Das waren nur die Kinder in dieser Familie, jeder wollte nur das "Beste" für die Mutter und den Vater, so sagten sie alle, zum Glück hielten sich bis jetzt die Eltern der Brautleute aus allem raus, dafür fingen die Tiere an sich schief an zu sehen.

Die Braut hatte einen Kater mitgebracht und einen Hund in Spanien gekauft, bis dahin kein Problem mit Katz und Hund. Im Gegenteil der Kater liebte den Bräutigam plötzlich mehr als sein Frauchen und zeigte das deutlich. Jetzt kam der Hund ins Spiel, er knurrte den Bräutigam an und schnappte sogar nach ihm. Dann stellte sich heraus das der Hund einfach nur eifersüchtig auf den neuen Mann war, bei jeder Gelegenheit knurrte er, stellte das Fell auf und schnappte immer wieder nach dem neuen Mann. Und er fing an in die Möbel zu beißen, Schuhe, aber nur die von dem Bräutigam zu verstecken und zu zerbeißen. Der Hund bellte wie ein Irrer wenn der Mann an ihm vorbei ging und fing auch noch an den Kater zu ärgern und ihm das Futter weg zu fressen. Ein klarer Fall von Eifersucht der sich nicht besserte sondern verschlimmerte, eines Tages nahm die Frau den Hund und ging mit ihm zu einem lieben Freund, dort ließ sie den Hund und im Haus kehrte wieder Ruhe ein, es stimmte sie traurig das der Hund weg musste, aber es musste sein.

Die beiden Brautleute freuten sich das wieder Ruhe eingekehrt und sie sich auf die Hochzeit vorbereiten konnten. Entschieden worden war das die Hochzeit in Deutschland statt finden sollte, die Hochzeitsreise wahrscheinlich nach Frankreich genauer gesagt in die Camargue.

Für die Camargue hatten sich beide entschieden weil sie so viel darüber gelesen hatten und die Schönheiten in Natura sehen wollten, vor allem die einmalige Landschaft und die Wildpferde, natürlich auch die Flamingos und vieles andere mehr.

Zuerst brauchten die Zwei einen Ort für die Hochzeit, und sie mussten dort zwei Wochen "ausgehängt" sein, erst dann konnten sie heiraten. Ja, es stimmt, jeder der schon mal geheiratet hat, weiß, das die Papiere der Brautleute zwei Wochen in einem Schaukasten am Rathaus sein müssen, damit jeder sieht wer heiratet und da machte man auch bei uns keine Ausnahme.

Nach langem hin und her entschieden wir uns für den Wohnort meiner Mutter, meine Schwester und zwei Brüder lebten ebenfalls dort, ich würde meine Familie nach vielen Jahren wieder sehen. Meine langjährige Freundin und mein Schwager sollten die Trauzeugen sein.

Nun mussten wir noch entscheiden ob wir unsere Kinder zu unserer Hochzeit einladen sollten. Wir überdachten alles immer wieder und kamen zu dem Ergebnis es nicht zu tun, wir wollten sie nach der Hochzeit einladen, so hatten wir es geplant. Für unsere Tiere brauchten wir eine Unterkunft wenn wir nach Deutschland gingen, aber die fand sich sicher bald, wir hatten ja noch einige Wochen Zeit, zuerst mussten noch die beiden letzten Papiere die wir beantragt hatten kommen, dann ging es endlich los.

Nur noch wenige Tage, so dachten wir, dann konnte es endlich los gehen und wir würden nach Deutschland reisen um zu heiraten. Doch es kam anders, noch sieben Wochen sollten vergehen bis wir endlich aufbrechen konnten. Es war doch tatsächlich so, das wieder mal ein "letztes" Papier fehlte...

Deshalb mussten wir wieder einmal mit der Buchung unserer Reiseroute warten, inzwischen hatten wir ein Entenpärchen bei uns aufgenommen. Eigentlich wäre es erst nach unserer Hochzeit zu uns gekommen, aber durch die ewige Verschiebung derselben konnten wir die beiden kleinen Enten nicht mehr ablehnen. Nun hatten wir auch noch die Aufgabe einen Platz für die zwei zu finden bis wir wieder in Spanien waren. Zum Glück hatten wir einen netten Nachbarn der sie füttern wollte und was noch viel besser war, sie konnten in ihrem eigenen Stall bleiben und mussten nicht umquartiert werden. Die beiden Entchen tauften wir Paul und Paulinchen und sie schnatterten den ganzen Tag, sie durften im Garten spazieren laufen und oft kamen sie zu uns auf die Terrasse und leisteten uns Gesellschaft.

Mein zukünftiger Mann probierte seinen neuen Anzug und stellte fest das er lieber eine Fliege tragen wollte und keinen "Kulturstrick" den hätte er noch nie gemocht. Als das erledigt war, fiel mir ein das ich etwas ganz wichtiges vergessen hatte, die Braut sollte etwas neues, etwas gebrauchtes, und etwas geliehenes tragen, natürlich glaubte ich daran und versuchte alles zu beschaffen, was mir letztendlich gelang.

Das "Neue" hatte ich mir gekauft, ein Strumpfband in schweinchenrosa und babyblau, fand ich supercool, das gebrauchte Teil, ein Schal meiner Freundin und das geliehene, ein Unterrock weil mein Brautkleid durchsichtig schien.

So ausgerüstet konnte und durfte nichts mehr passieren, jetzt musste nur noch die Zeit bis zu unserer Abreise vergehen. Dann bekamen wir Nachricht aus Deutschland das wir dort keinen Wohnsitz angemeldet hatten und ohne Nachweis kein Aufgebot.

Nach dieser Nachricht telefonierte ich mit der zuständigen Gemeinde und die bestätigte mir was ich schon schriftlich hatte, kein Wohnsitz kein Aushang, keine Hochzeit, keine Ausnahme. Das wollte ich nicht glauben, aber so sind die Tatsachen, es gab zwei Möglichkeiten, entweder gleich nach

Deutschland reisen, den Wohnsitz anmelden, den Aushang machen und wieder zurück fliegen, oder alles in einem zu tun. Nach Deutschland reisen, Wohnsitz anmelden, zwei Wochen zu warten, den Aushang machen und auf Hochzeitsreise zu gehen.

Ich weiß nicht mehr wie oft wir schon alles verschoben hatten, nun wollten wir nichts mehr verschieben, wir beschlossen sofort zu reisen. Da kam das nächste Hindernis, es gab keine Fähre nach Barcelona, alles ausgebucht, im September könnten wir wieder Tickets bekommen.

Okay sagte ich, dann fliegen wir halt nach Barcelona, das ging tatsächlich, aber es gab nur noch einen Platz. Einer von uns konnte fliegen der andere musste warten, da gäbe es nur noch die Möglichkeit zum Flughafen zu kommen und zu warten ob einer der Passagiere seinen Flug zurück gab oder verpasste. Klar, im August ist Hochsaison und da reisen viele, den Monat konnten wir echt abhaken, da lief gar nichts mehr.

Wir waren echt down aber es half alles nichts, nur eine Privatyacht hätte uns helfen können, aber allein der Gedanke daran ließ mich die Braut schon erschaudern. Wunderschön die ganzen Yachten, ich bewunderte sie lieber im Hafen, mir gefielen die schnittigen Segelschiffe, nur damit fahren, nein, das wollte ich nicht. Ich wurde schon auf einem Dampfer seekrank und allein der Gedanke an ein Schiff verursachte mir Übelkeit. Wie es mit der Fähre sein würde, davon hatte ich keine Ahnung, nur das sie sehr langsam fahren sollte.

Im August ist es wirklich sehr heiß in Spanien, die Hitze bleibt auch in der Nacht noch und erst gegen fünf Uhr früh wird es ein wenig kühler. Im

Haus zu schlafen ist schwierig und deswegen schliefen wir ab und zu auf dem Dach, wir trugen unsere Matratzen und unsere Kissen nach oben und Leintücher zum zudecken. Dort oben konnte man es aushalten, aber nur wenn die Schnacken nicht grausam zustachen.

Wir pflanzen Tomaten und Lavendel, den mochten diese Stechviecher nicht so gerne, aber sie stachen trotzdem immer wieder zu. Nur Teebaumöl schien sie abzuschrecken, aber der Geruch gefiel uns nicht so sehr.

Der Sternenhimmel in Spanien ist viel heller und ich finde die Sterne größer, eines ist wunderschön, das sind die Sternschnuppen, wir haben noch nie so eine Menge Sternschnuppen gesehen wie hier in Spanien. Und weil man sich so heißt es, wenn man Schnuppen sieht, etwas wünschen darf, haben wir das getan. Die Sternschnuppen fielen so schnell vom Himmel, das wir mit dem wünschen gar nicht mehr nachkamen. Diese Nächte mit dem wundervollen Sternenhimmel und den vielen Sternschnuppen gibt es bei uns in Deutschland leider nicht.

Dafür gibt es bei uns in Deutschland den Regen, den vermissten wir schon sehr, besonders in den ganz heißen Monaten wenn die Luft flirrte und kein Lüftchen ging, da schauten wir sehnsüchtig zum Himmel, aber nichts tat sich.

Nur wenn es dann regnete, dann schüttete es wie aus Kübeln, es regnete zum Dach hinein, und es stürmte das sich die Bäume bogen, sehr gespenstisch sah alles aus.

Der Regen hörte irgendwann wieder auf, auch der Sturm ließ nach, dann kam der Wind, er pfiff um das Haus oder heulte so laut das man Angst kriegen konnte. Und wenn das alles vorbei war, dann brannte kein Licht, der Stromausfall dauerte oft Stunden, manchmal sogar Tage, daran musste ich mich erst gewöhnen.

Ich erinnere mich noch an eine Nacht, ich war gerade mal acht Wochen in Spanien, als es regnete. So einen Wolkenbruch hatte ich noch nie gesehen, innerhalb von wenigen Minuten schüttete es, dann kam das Wasser durch die Decke und ich musste Eimer und Schüsseln aufstellen weil immer mehr Wasser kam.

Als ich aus dem Fenster sah, war die Straße überschwemmt, und es schüttete immer noch und hörte nicht mehr auf. Jetzt heulte noch der Wind ums Haus, er rüttelte an den Fensterläden und die Bäume in meinem Garten sahen aus als ob sie umstürzen würden. Dann plötzlich ein Riesenkrach, ein Gepolter, ein Holzbalken von meiner

Terrasse knallte auf den Boden. Ich erstarrte vor Schreck und mein Hund und mein Kater versteckten sich hinter mir.

Ich rief meine Freundin an und fragte sie, ob sie kommen würde? "Nein, sagte sie, bist du verrückt, ich habe Angst, ich geh bei dem Sturm nicht aus dem Haus!"
Und als ob nicht alles schon schlimm genug war, da ging noch das Licht aus, jetzt wurde mir noch mulmiger, damals war ich noch alleine im Haus, hatte keinen Untermieter in meinem Apartment. Nur meinen Hund und meinen Kater, der Hund hatte selber Angst und der Kater auch.

Wo waren nur die Kerzen, im Dunkeln wollte ich nicht bleiben, also suchte ich in meinem Schrank, weil es dunkel war, stolperte ich über meinen Schuh und haute mir die Zehe am Schrank an, das tat höllisch weh. Endlich fand ich die Kerzen und als sie brannten fühlte ich mich etwas wohler. Da fiel mir ein, dass ich irgendwo eine Taschenlampe aufbewahrte, nur wo? Nach längerem suchen fand ich sie dann, nun brauchte ich noch etwas damit ich mich vertei- digen konnte. Ja, ein Hammer, das ist gut, damit kann ich zuschlagen wenn ich bedroht werden würde. Was der Mensch so alles denkt wenn ein Wol- kenbruch tobt und ein Sturm um das Haus heult ist schon seltsam, aber es ist wirklich so.

Diese Nacht vergesse ich nicht so schnell, da passierte noch mehr und zuerst dachte ich, dass ich spinne, als ich auf einem Baum in meinem Garten einen Affen sitzen sah. Was ist das, wieso ist ein Affe in meinem Garten und auf meinem Baum, es gibt doch gar keine Affen auf Mallorca, das wusste ich genau.

Es regnete immer noch in Strömen, das Telefon ging nicht, das Licht auch nicht, also holte ich meine Bücher und las nach das es in Mallorca keine Affen gibt. Ich schaute wieder aus dem Fenster und der Affe war immer noch auf meinem Baum den er jetzt sanft hin und her bewegte.

Ich rannte nach draußen um den Affen zu verscheuchen, aber der schien mich überhaupt nicht zu bemerken, er schaukelte hin und her und fühlte sich anscheinend recht wohl. Wieder im Haus rief ich nach meinem Hund und meinem Kater, ich konnte sie nirgends finden, wo steckten die nur. Da hörte ich ein kratzen an der Haustüre und riss sie auf, klatschnass standen der Hund und der Kater vor mir.

Meine Nerven waren zum zerreißen gespannt und ich brüllte die beiden an: "Ihr spinnt wohl, was macht ihr da draußen im Regen, ihr seid doch echt doof!"

Sie schauten mich traurig an und schon taten sie mir wieder leid, ich trocknete sie ab und machte ein Feuer im Kamin damit sie sich aufwärmen konnten.

Heute ging doch alles schief, das Feuer wollte nicht brennen, es rauchte nur und selbst meine Pinienzapfen die sonst immer gut brannten glimmten nur vor sich hin.

Dann hörte der Regen schlagartig auf, das Licht brannte, das Telefon ging wieder und das Feuer im Kamin erholte sich und der Rauch zog ab, alles schien wieder normal zu sein. Ein Blick aus dem Fenster, ich sah wie der Affe vom Baum stieg und im angrenzenden Wald verschwand, jetzt fühlte ich mich um einiges besser ein langer aufregender Tag ging zu Ende und ich in mein Bett.

Am nächsten Morgen schlief ich sehr lange und obwohl die Sonne schien, hatte ich keine Lust auf zu stehen. Mein Hund quietschte weil er spazieren gehen wollte, und mein Kater miaute laut, alles das ignorierte ich und drehte mich auf die andere Seite um weiter zu schlafen.

Durch lautes andauerndes Gehupe wurde ich wach, draußen stand meine Freundin und wollte mich abholen. Als ich sagte, dass ich heute nicht mitgehen wollte, stieg sie beleidigt in ihr Auto und rauschte ab.

Langsam bekam ich Hunger und deckte den Tisch auf meiner Terrasse, natürlich kamen Hund und Kater und wollten mit mir frühstücken, das taten wir dann auch lange und ausgiebig. Am späten Nachmittag ging ich zu meiner nächsten Nachbarin und erzählte ihr von dem Affen auf meinem Baum. Sie schaute mich zweifelnd an ich denke sie glaubte mir nicht.

Dann klärte sich alles auf, ich war mit Hund und Kater im Wald hinter meinem Haus spazieren gegangen und plötzlich wie aus dem Nichts tauchte der Affe wieder auf, ich bekam einen Riesenschreck und wollte schon davon laufen, da bemerkte ich eine Frau die hinter dem Affen stand. Ein Affe, ein Schimpanse, schrie ich, da ist er und ich fuchtelte wie wild mit den Armen herum um ihr den Affen zu zeigen.
Ganz ruhig, sagte die Frau, ich kenne den Affen, es ist ein ganz lieber, er ist schon lange bei uns, wir haben ihn als Baby bekommen.

Dann erzählte sie mir das Mali, so hieß die Schimpansin manchmal von zuhause fortlief und auf Bäume kletterte, am liebsten stieg sie in fremde Autos und freute sich diebisch wenn die Besitzer schreiend davon liefen. Wenige Wochen später traf ich Mali wie sie den Garten mit dem Schlauch bewässerte, es machte ihr viel Spaß und dann spritzte sie mich nass, dabei hüpfte sie wie wild herum.

In einem neuen Land ist es nicht so einfach, man kennt sich nicht aus, man kennt die Menschen und die Tiere nicht die dort leben, und so kommt es immer wieder zu Überraschungen. In meinem Garten standen einige große Pinienbäume und ich muss sagen sie gefielen mir, ich mochte ihre bizarre Form und den Schatten den sie verbreiteten.

Die Pinien hatten eine schöne grüne Farbe und kleine Pinienzapfen die besonders gut im Kamin brannten. Eines Tages es muss im Frühling gewesen sein bemerkte ich weiße flaumige Nester in den Pinienzweigen, aber ich dachte mir nichts dabei. Überall in den Pinienbäumen waren diese weißen nestartigen Gebilde und deswegen nahm ich sie nicht ernst.

Als ich meine spanische Nachbarin danach fragte meinte sie nur das sei ganz normal. Umso erstaunter schaute ich als wenige Wochen später ganz viele Raupen in meinem Garten herum krochen, so viele Raupen hatte ich nie zuvor gesehen. Die Raupen waren wunderschön, braun und samtig mit einer gelben Zeichnung auf dem Rücken. Solche Raupen hatte ich noch nie gesehen, neugierig suchte ich in einem Buch nach diesen schönen Tierchen.

Was ich dann über sie in Erfahrung brachte gefiel mir überhaupt nicht, es waren Prozessionsraupen und sie traten immer in Scharen auf, hochgiftig dazu und sie konnten viele Krankheiten auslösen, darunter Asthmaanfälle und wenn man sie berührte Verbrennungen der Haut.

Besonders gefährdet waren meine Tiere und ich ließ die Beiden nur noch in den hinteren Garten, da standen keine Pinien, natürlich wollten die Zwei immer in den vorderen Garten und mitten zwischen die Raupen, aber das konnte ich zum Glück noch rechtzeitig verhindern.

Zuhause in Deutschland züchtete ich meine Kräuter selbst, der Dill, Schnittlauch, Basilikum, Liebstöckel und Majoran standen immer in meinem Kräutergärtlein und gediehen prächtig. Das versuchte ich natürlich in Spanien auch, aber es gelang mir nicht, egal was ich anstellte, die Kräuter wuchsen ein wenig, dann gingen sie ein. Ich ließ mir Samen aus Deutschland mitbringen, aber nichts wurde draus, dann gab mir eine Spanierin den Tipp die Samen in eine besonders gemischte Erde und einen Autoreifen als Beet zu benutzen, nichts wurde daraus, ich hatte genug und gab auf.

In meinem hinteren Garten entdeckte ich viele eigenartige Gebilde und als ich mein schlaues Buch zu Rate zog erfuhr ich, dass es eine ganz besondere Pflanze war, sie nannte sich Aloe. Für mich nichts Besonderes, bis ich böse hinfiel und mir Schürfungen zuzog, da meine Nachbarin meinen Sturz gesehen hatte, war sie sofort zur Stelle. Sie schnitt ein Blatt von den Pflanzen in meinem Garten ab, schnippelte daran herum und legte mir ein Teil davon auf die Schürfwunden.

Ich wusste nicht so recht was ich sagen oder tun sollte, dann bemerkte ich die schnelle Kühlung meiner Wunde und was mich noch mehr erstaunte, der Wundschmerz wurde schwächer und die Wunde verheilte viel schneller als sonst. Damals wusste ich nicht, dass die Aloe so eine wundervolle Pflanze ist und ganz besondere Heilkräfte besitzt.

So nach und nach brachte mir meine spanische Nachbarin bei was man mit der Aloe alles machen kann, das gefiel mir alles bis auf das sonderliche Gebräu mit Alkohol, das mochte ich eher nicht. Die Pflegeprodukte die mit Aloe hergestellt werden sind sehr gut und hautverträglich und wie ich feststellen konnte werden die Fältchen gemildert. Bei Waschpulvern mochte ich die besondere Weichheit der Wäsche ohne Weichspüler.

Hinter meinem Haus begann gleich der Wald und ich sammelte Eimerweise die kleinen Pinienzapfen für meinen Kamin. Mittlerweile hatte ich schon einen Sommer, einen Herbst und einen Winter hier erlebt und jede Jahreszeit gefiel mir, egal ob es stürmte oder regnete, immer Sonnenschein kann genauso nerven.

Einen richtigen Winter gab es nicht, zumindest erlebte ich ihn nicht, nur einmal schneite es ganz kurz, der Schnee blieb aber nicht liegen. Da dauerten die Herbststürme schon länger und die Wolkenbrüche fielen heftig aus, daran gewöhnte ich mich schnell.

Bei trübem Wetter setzte ich mich in meinen Schaukelstuhl vor den Kamin und freute mich über das zischende und prasselnde Geräusch der kleinen Pinienzapfen.
Ab und zu warf ich ein paar Lavendel oder Rosmarinzweige ins Feuer, das duftet wundervoll. Lavendel und Rosmarin wuchs wild und wenn der Lavendel voll aufgeblüht war zupfte ich die Blüten ab, trocknete sie und nähte sie in kleine Leinensäckchen ein, die hängte ich in meinen Kleiderschrank und gab sie zwischen meine Wäsche, zum Schutz gegen Motten und weil sie einfach wunderbar dufteten.

Vom Rosmarin nahm ich die kleinen Äste bündelte sie und gab sie als Gewürz zu meinem Braten, die größeren Äste band ich zu einem Bund zusammen und hängte ihn im Haus auf. Ich liebte es durch den Wald zu streifen und die Natur zu genießen, die vielen bunten Blumen leuchten zu sehen, die es in Deutschland nicht gab. Am meisten liebte ich die vielen wilden Lilien, die ich in weiß, gelb und blau entdeckte, sie dufteten so einmalig wie ich es noch nie zuvor erlebt hatte. Und selbst wenn ich welche davon mit nahm und in eine Vase stellte, konnte ich ihren Duft noch viele Tage genießen. Nur eines störte mich in Spanien, im Sommer gab es kein grünes Gras, alles war braun und sah für mich nicht schön aus, nur alles kann man nicht haben, sagte ich mir, dafür gab es viele andere schöne Dinge.

Fast ein Jahr lebte ich mit Hund und Kater alleine in meinem Haus, unten

hatte ich noch eine kleine Einliegerwohnung die nicht eingerichtet war,
ich beschloss sie zu möblieren und zu
vermieten. Dann gab ich eine Anzeige
in der deutschen Zeitung auf und wartete auf die Mieter.

Zuerst wollte ich eine Frau nehmen,
dann fand ich, dass ein Mann viel besser wäre, ich würde mich beschützt
fühlen und wenn meine Waschmaschine oder sonst etwas zu reparieren wäre,
könnte er eventuell helfen. Und dann
kamen einige Damen und Herren, den
ersteren sagte ich die Wohnung sei
schon vermietet, die Herren schaute
ich mir genauer an und sortierte sie
nach und nach aus.

Da gab es Typen die mich gleich an-
machten: "Tja, gute Figur haben Sie ja,
das andere teste ich dann, oder belehr-
ten mich so nach dem Motto: "Na,
kleine Frau, so ohne Mann, das geht
aber nicht lange gut!" Einer fragte,

mich ob er eventuell in Naturalien die Miete bezahlen könne. Nicht zu glauben was den Herren der Schöpfung so alles einfiel. Nach langem überlegen entschied ich mich für einen leicht verschrobenen Mann, er trug im Gegensatz zu den anderen "Herren" keinen weißen Anzug, sondern eine altmodische Kombination aus Hose, Weste und Jacke, dazu ein gestreiftes Hemd, er machte auf mich den besten Eindruck.

Irgendwie schien er nicht damit gerechnet zu haben das ich ihn als Mieter haben wollte, er stotterte herum und fragte: "Meinen Sie wirklich mich?" Ich bejahte.

Später stellte sich heraus, dass ich einen guten Griff getan hatte, Herr Clemens so hieß er, blieb stets hilfreich und höflich. Kurzum, er half wo er konnte, reparierte kleinere Schäden und liebte meine Tiere. Bezahlung für seine Arbeit nahm er nicht an, so lud ich ihn ab zu zum Essen oder Kaffee trinken ein, er liebte Pizza und selbst gebackenen Kuchen. Unterhalten konnte ich mich gut mit ihm und alleine im Haus war ich auch nicht mehr.

Herr Clemens ging selten aus dem Haus nur ab und zu besuchte er ein Pub um ein Bierchen zu trinken, meist kam er und fragte ob ich ihn begleiten wolle. Der Weg ins Pub dauerte etwa eine halbe Stunde und ich wollte lieber mit meiner Freundin Nelly fahren, vor allem weil der Nachhauseweg bergauf mühsam war.

Herr Clemens schaute dann immer leicht beleidigt aber ich ließ es dabei bewenden und so nach und nach fragte er mich nicht mehr. Auch heute trabte er hinunter ins Dorf und winkte mir freundlich zu. Ich legte mich auf mein Sofa und las in einem Buch, dabei muss ich eingeschlafen sein. Geweckt wurde ich durch den Regen der ans Fenster klatschte und den Wind der um das Haus heulte. Dazu kam noch das laute Bellen von meinem Hund, er sprang an der Türe hoch und bellte und knurrte wie verrückt.

Ich sah zum Fenster hinaus und sah eine Frau in meinem Garten, ein Mann sprang gerade über mein Gartentor. Da wurde mir schon leicht mulmig, ich öffnete das Fenster und schrie hinaus: "Was wollen Sie in meinem Garten, verschwinden Sie oder ich hole die Polizei!" Dann drehte ich mich um und rief: "Schatz, kommst Du mal, da sind Einbrecher im Garten, bring die Pistole mit!"

Mein Herz klopfte bis zum Hals und ich beobachtete wie die Frau und der Mann über das Tor kletterten und schnell davon rannten und im nahe gelegenen Wald verschwanden. Klar das ich danach nicht einschlafen konnte und immer wieder aus dem Fenster schaute. Obwohl sich der Hund beruhigte und ich nichts mehr hörte beobachtete ich den Garten und den Wald. Immer wenn sich ein Baum bewegte was kein Wunder war bei dem Wind, schlug mein Herz einen Trommelwirbel.

Was, wenn die zwei, die in meinem Garten gewesen waren wussten, dass ich keinen Mann hatte, nicht aus zudenken. Und ausgerechnet heute war Herrn Clemens, nicht zuhause, hoffentlich kam er bald heim.

Diese Nacht ließ mich nicht zur Ruhe kommen, stundenlang heulte der Wind um das Haus, die Fensterläden klapperten und die Bäume sahen aus als ob sie jeden Moment auf mein Haus fallen würden, so sehr beugten sie sich unter der Last des Regens und des Sturmes. Rex und Cimba lagen eng aneinander gekuschelt in meinem Bett,

ich beobachtete weiter den Garten und die Straße, sah hinter jedem Busch eine menschliche Gestalt, dabei waren es nur Schatten von der Straßenlampe
die sich los gerissen hatte und wie wild schaukelte.

Dann ganz plötzlich fiel der Strom aus und es wurde so dunkel das man die Hand nicht vor den Augen sehen konnte. Jetzt wurde mir noch mulmiger und ich zündete viele Kerzen an damit ich mich besser fühlte. Zum Glück konnte ich mit meiner großen Taschenlampe in den Garten leuchten und sehen ob sich dort etwas bewegte.
Dann kroch ganz langsam der Morgen hervor und es wurde heller. Jetzt konnte ich aufatmen, die Kerzen ausmachen und mich endlich in mein Bett legen.

Am nächsten Tag schlief ich bis zum Mittag und wurde erst wach als Herr Clemens bei mir Sturm klingelte. Es tat ihm so leid das er gestern nicht zuhause gewesen war, aber wie er mir versicherte musste er seine Schwester besuchen weil sie eine allein erziehende Mutter eines Sohnes war, die sich ab und zu einen Rat bei holen musste.

Und ausgerechnet in dieser Nacht übernachtete er bei seiner Schwester weil es so schlimm geregnet und gestürmt hatte. Es tat ihm so leid und er entschuldigte sich immer wieder, dass er nicht da gewesen war. Ich lud ihn zum Frühstück ein und wir tranken gemütlich Kaffee und aßen Wurst und Käsebrötchen. Mein Hund Rex und mein Kater Cimba schauten ganz verwundert zu und mir schien es fast so, als ob sie sich miteinander durch Blicke verständigten, was natürlich nicht sein kann weil sie ja Tiere waren und die können das doch nicht.

Herr Clemens hatte eine ruhige und angenehme Art, er half mir viel in Haus und Garten, leistete kleine Reparaturen für die er nie einen Cent nahm. Dafür lud ich ihn dann immer mal zum Frühstück, Mittagessen oder zum Abendessen ein, das nahm er gerne an und freute sich sehr darüber.

Stets benahm er sich höflich mir gegenüber und er mochte auch meine Tiere. Die konnten ihn allerdings nicht so sehr leiden, warum verstand ich nicht. Ich bemerkte nur, dass mein Hund und Kater ihm aus dem Weg gingen und es gar nicht gerne hatten wenn er sie streichelte.

Tiere haben ein feines Gespür für Menschen und ich ließ sie gewähren, beißen und kratzen durften sie natürlich nicht. Als Mann gefiel mir Herr Clemens nicht, obwohl er nicht schlecht aussah, etwas altväterlich vielleicht, aber das ist ja kein Fehler. Seine Höflichkeit tat mir gut und seine Manieren gefielen mir auch, mehr war da nicht.

Und einen neuen Mann in meinem Leben konnte ich mir damals nicht vorstellen, ich sehnte mich einfach nur nach Ruhe und danach endlich das zu tun was ich wollte. Zu viele Jahre war ich nur für das Wohl meiner Familie zuständig gewesen und nie für mein Wohl, dabei wäre das wichtig gewesen.

Mit fast 50 Jahren war ich krank und kaputt gewesen, ich konnte einfach nicht mehr. Meine drei Kinder waren in einem Alter wo sie sich selbst helfen konnten, nur mein Sohn machte mir Sorgen, weil er gerade mal 16 Jahre alt war.

Zuerst hatte Benny nach Spanien mitgewollt, erst im letzten Moment als der Möbelwagen schon vor der Türe stand, ging er nicht mit. Ich hatte keine andere Wahl, das Haus in Spanien gekauft, die Möbel eingeladen, und dann der Entschluss von Benny nicht mit zu kommen.

Den ganzen Weg zum Flughafen heulte ich vor mich hin und dachte daran wieder um zu drehen, ein guter Freund der mich zum Flughafen fuhr, meinte der Benny beruhige sich schon wieder und würde bald nachkommen.

Das glaubte ich auch und flog mit meinem Kater nach Spanien. Es sollte alles ganz anders kommen als ich es geplant hatte und heute schreibe ich das Erste mal darüber weil ich möchte, dass es endlich so erzählt wird, wie es wirklich war.

Benny blieb die erste Zeit alleine in unserem Haus, dann meldete er sich in der Klinik an, seine Schwestern begleiteten ihn. In der Klinik blieb er einige Monate, ein guter Freund von mir besuchte ihn regelmäßig, seine Schwestern natürlich auch. Dann kam der Anruf aus Deutschland ich solle dringend kommen, meinem Sohn ginge es nicht gut, ich flog umgehend zu ihm.

Benny und ich sprachen lange miteinander und er willigte ein zu seinem Vater und dessen neuer Freundin in unser Haus zu ziehen. Es fiel ihm nicht leicht, er hatte nicht das Beste Verhältnis zu seinem Vater, aber er wusste, es war ein Weg um aus der Klinik heraus zu kommen.

Damals habe ich Benny schon bewundert, und es geschah das was ich gewollt hatte, Benny durfte zu seinem Vater. Endlich nach einem Jahr konnte ich Benny wieder sehen, es tat mir weh wie erwachsen er in dieser kurzen Zeit geworden war.

Er durfte vier Wochen in Spanien bleiben und in dieser Zeit lernte er wieder zu lachen und sich wohl zu fühlen. Für mich eine schöne Zeit und ich denke für Benny ebenso. Leider vergingen die Ferien von Benny sehr schnell und er flog wieder nach Deutschland. Ein Jahr später konnte er wieder kommen und dieses mal schien er weit entspannter als das Jahr zuvor, er freute sich sogar darauf im Meer zu baden und ich war auch happy das es ihm so gut ging.

Und dann passierte eines Tages der absolute Wahnsinn, ich saß gerade auf meiner Terrasse da tauchte ein Anwalt auf und teilte mir mit, das mein Haus versteigert werden sollte. Zuerst hielt ich das alles für einen üblen Scherz und wollte es nicht glauben, dann ließ mich diese Nachricht nicht mehr schlafen und ich rief beim Konsulat in Palma an um einen Termin zu machen.

Endlich ein paar Tage später konnte ich mit dem Konsul sprechen, ich war natürlich sehr aufgeregt und fragte ob ich eine Zigarette rauchen dürfte. Der Konsul fragte mich ob ich einen Kaffee trinken wollte. Dabei passierte mir das Missgeschick mit der Zigarette, vor lauter Nervosität streifte ich die Zigarettenasche in die Kaffeetasse des

Konsuls anstatt in den bereit gestellten Aschenbecher.

Ich erstarrte vor Schreck und stotterte eine Entschuldigung, aber der Konsul beruhigte mich und meinte: "Kein Grund sich auf zu regen, ich verstehe das Sie das alles mitnimmt!" Dann überprüfte er meine Angaben und telefonierte ein paar Mal, aber an seinem Gesicht konnte ich ablesen das es nichts Gutes bedeutete.

Ja, meinte er endlich, geben Sie mir ein paar Tage Zeit, ich muss noch einige Verträge durchlesen, mit dem Notar einen Termin machen, und bei dem vorherigen Eigentümer nachfragen wer noch in seinem Vertrag stand, erst dann kann ich weitere Schritte unternehmen.

Es dauerte dann nochmal gut eine Woche bis ich wieder mit dem Konsul sprechen konnte und die ganze bittere

Wahrheit erfuhr. Es war so wie ich es schon geahnt und mir der Anwalt mitgeteilt hatte. Ich musste die Schulden meines Vorgängers bezahlen oder mein Haus würde tatsächlich versteigert werden, ich wusste gar nicht mehr was ich tun sollte, meine Gedanken kreißten wie verrückt in meinem Kopf herum und ich fand keinen Ausweg.

Es gab nur ein Mittel, ich musste die Schulden bezahlen die ich nicht gemacht hatte und dann könnte das Haus nicht versteigert werden. Aber wo um alle in der Welt sollte ich innerhalb von wenigen Wochen 30 000 DM herzaubern. In Spanien kannte ich kaum Leute die ich fragen konnte und zuhause hatte ich nur meine Geschwister und meine Mutter.

Meine Geschwister konnten mir nicht helfen und deswegen fragte ich meine Mutter. Ich sagte ihr zu die Einliegerwohnung auf ihren Namen einzutragen, das wäre eine Sicherheit für das Geld das sie mir geben würde. Sie versprach mir sich so schnell wie möglich bei mir zu melden.

Nach ein paar Tagen rief sie mich an und teilte mir mit, dass mein Haus nicht versteigert werden könnte, das wäre nicht zulässig, so die Aussage des zuständigen Konsuls in München. Ich ging sofort zu unserem Konsul in Palma und der meinte genau das Gegenteil sei der Fall.

Die Zeit der Versteigerung kam immer näher und ich war am Ende meiner Kraft, wusste nicht mehr was ich tun sollte. Einige hundert Meter von meinem Haus entfernt stand ein Hochhaus, ich trank drei Whisky und kletterte auf das Flachdach des Hochhauses, dort schaute ich hinunter und meinte springen zu müssen. Noch nie in meinem Leben war ich so hilflos und verloren gewesen wie in dieser Nacht. Zum

Glück kannte ich meinen Danny damals schon, er hatte mich gesucht und gefunden, stand plötzlich neben mir und meinte das sei keine gute Lösung. Und ob mir ein Leben im Rollstuhl gefallen würde wenn ich dort unten schräg aufkomme, das wagte er zu bezweifeln. Außerdem sei das Leben viel zu schön um jetzt schon zu sterben und ein Haus könne man doch immer wieder kaufen, einen Menschen nicht. Er würde mich auch ohne Haus lieben, das überzeugte mich nicht vom Dach des Hochhauses zu springen.

Die Zeit verging wie im Flug, dann kam der schwärzeste Tag in meinem Leben, mein Haus gehörte nicht mehr mir. Meine Möbel blieben mir noch, ein schwacher Trost, aber trotzdem ein kleines Stückchen Heimat. Und so zogen wir beide, mein Danny der DJ und ich mit meinem Kater auf eine kleine Finca mit einem wunderschönen Garten und einer riesigen Terrasse aufs Land.

Um uns herum nur Felder, Oliven-bäume, Mandelbäume, weiße und blaue Lilien und viele Schafe die dort weideten und natürlich auch die Blätter von den Bäumen zerrten. Dort konnte Rex der Hund und Cimba der Kater so richtig herum toben.

Auf dem Dach der kleinen Finca tum-melten sich nachts die Mäuse und die Baumratten, die man nicht erwischen konnte, so schnell waren die kleinen Biester. Hier sahen wir auch die ersten Kakerlaken die nur Nachts heraus ka-men und so schnell liefen das man sie nicht einfangen konnte.

Wir probierten alles um diese Viecher los zu werden, kauften giftige Pulver und stellten sogenannte Fallen auf, a-ber wir erwischten sie nicht. Die Ka-kerlaken fraßen alles was sie bekommen konnten, sogar Papier. Dann verriet uns eine alte Dame wie sie diese Tiere weg bekommen hatte. Zuerst dachten wir sie erlaube sich einen Scherz mit uns, dann probierten wir es aus und tatsächlich es funktionierte wirklich.

Dazu braucht man einige Schüsseln und einige Liter Bier, man füllt das Bier in halbhohe Schüsseln und verteilt sie im ganzen Haus, die Kakerlaken lieben Bier und sie saufen wirklich solange bis sie tot sind. Ob sie jetzt im total betrunken Zustand umfallen und dann sterben, oder ob sie solange saufen bis sie tot sind, also sich einfach tot saufen, das wissen wir nicht. Für uns war es einfach wichtig diese Plagegeister los zu sein, denn sie übertragen auch noch Krankheiten und das konnten wir nicht gebrauchen. Wenn jetzt ein Mensch meint wir wären böse Tierquäler, dem empfehle ich mit diesen netten Tierchen zu leben und ent-

weder wird er saufen oder die Kakerlaken saufen lassen.

Die Finca in der wir nun wohnten war
recht klein aber weil die Terrasse und
der Garten so großzügig angelegt waren fühlten wir uns dort sehr wohl. Die
Schafe machten unterschiedliche Geräusche, besonders ein alter Schafs-
bock hatte eine Art Husten drauf, etwa
so "möhöhö". Die meisten Schafe hatten den "mäh" Ton, nur die ganz jungen Schafe hörten sich nach "mähähä"
an, und die alten Schafdamen nach
"määääähäää", dazu die Glöckchen in
den verschieden Größen, die nach
"klingling", Klingilingiling", oder
Klinggg" klangen.

Für mich schien es das schönste Tier-
konzert das ich je gehört hatte,
manchmal stimmten auch Hund Rex
und Kater Cimba mit ein, und das
klang so "wauauau" oder "wauauuuu-

uu" und "miauau" oder "miiiauuu", echt schauderlich schön!

Dazu des Geklingel der Glöckchen ein echtes Klangerlebnis das ich seither nie mehr gehört habe und echt vermisse. Ein weiteres Erlebnis, die Düfte der Bäume besonders der Mandelbäume, dieser Duft ist so wundervoll und zauberhaft, den muss man unbedingt erlebt haben. Es riecht nach Mandelblüten so fein und lieblich und nach Honig so süß und fein, und überall liegen die zarten Blütenblätter die von den Mandelbäumen gefallen sind, es ist einfach wundervoll, deswegen kommen zur Mandelblüte viele Touristen die genauso begeistert sind wie ich.

Die ganze Insel duftet stets nach neuen wunderbaren Düften, dem Lavendelduft, der kräftig und stark ist und aus dem wertvolle Öle und Seifen gemacht werden, oder dem Rosmarinduft, die Zweige des Rosmarin verwendet man gerne in der südlichen   Küche oder auch als Öl.

Und zum Schluss muss ich noch die vielen wilden Lilien erwähnen, in weiß und blau leuchten sie und verströmen einen zauberhaften Duft den ich nur hier in Spanien gefunden habe und den ich als etwas ganz besonderes empfinde.

Noch oft dachte ich an mein Haus in dem ich nur kurze Zeit leben konnte und dabei hätte ich nur 30 00 DM gebraucht um es nicht zu verlieren. Meine Mutter sagte mir damals, niemals würde ich mein Haus verlieren, das gäbe es nicht und der Konsul in München meinte das auch.

Erst jetzt erfuhr ich, dass meine Mutter gar nicht mit dem Konsul in München gesprochen habe, sondern mein Bruder. Ich könnte mein Haus heute noch haben wenn mein kluger Bruder damals wirklich mit dem Konsul gesprochen und nicht wie so oft einfach etwas daher gesagt hätte, was nicht der Wahrheit entsprach.

So ist es wenn Menschen nicht die Wahrheit sagen, andere der Lüge bezichtigen und nur missgünstig Neidhammel sind.

Noch heute wäre das Haus in meinem Besitz und meine ganze Familie würde davon profitieren weil sie dort ihren Urlaub verbringen könnten. Aber wie es Wilhelm Busch schon so treffend bemerkte: "So richtig von Herzen gemein, kann nur die liebe Verwandtschaft sein!" Als Erinnerung an mein schönes Haus sind mir nur zwei Bilder geblieben.

Es dauerte viele Jahre bis ich den Schmerz über den Verlust des Hauses langsam zurück drängen konnte, vergessen werde ich ihn sicher nicht. Alles schien anders zu sein, meine Haus die Altersvorsorge weg, ein tiefes Loch verschlang mich, zog mich in einen Strudel der Verzweiflung und drohte mich einfach aufzufressen. Mein Leben durcheinander, dazu noch in einem fremden Land, ich konnte es einfach nicht glauben was alles auf mich zukam. Noch heute Jahrzehnte danach schnürt es mir die Kehle zu und ich kann meine Tränen nicht zurück halten. Dabei wäre es so einfach gewesen wenn mir jemand geholfen hätte, aber es war keiner da. Nur mein Freund Danny versuchte mich zu trösten so gut er konnte, ohne ihn wäre ich total verzweifelt.

Ja, und jetzt war ich arm wie die kleine Kirchenmaus und überlegte wie ich das alles verkraften konnte und musste. Dabei schien die Zeit still zu stehen und mich überhaupt nicht wahr zu nehmen, ich, die so voller Glück und

Zuversicht nach Spanien gekommen bin.

Seit knapp eineinhalb Jahren lebte ich hier und wähnte mich schon im Märchen weil alles so wunderbar angefangen hatte. Es fühlte sich an wie ein Strudel in den man hinein gezogen und festgehalten wird, und nie mehr heraus kommt.

Dabei wollte ich hier endlich meine Ruhe und meinen Frieden finden, aber das schien mir nicht gegönnt zu sein. Und dann tat ich etwas das ich schon lange tun hatte wollen, ich fing an zu schreiben. Nicht wie früher kurze Geschichten, nein, dieses mal sollte es ein Buch sein, mein Buch, meine Erlebnisse in all den vielen Jahren, ja, das war es.

Ich schrieb und schrieb und es brach aus mir heraus, fühlte sich an wie ein Staudamm der das Wasser nicht mehr halten konnte und es sprudelte immer heftiger bis es sich zu einem wilden Fluss entwickelte. Es dauerte Monate bis sich der wilde Fluss ganz langsam verkleinerte, ein See wurde, der sich still und leise in ein Bächlein verwandelte das friedlich vor sich hin murmelte.

Mein Freund Danny half mir sehr viel in dieser Zeit, er kochte für mich und redete wenn ich gerade ansprechbar war, was nicht oft vor kam da ich nur schreiben wollte und sonst nichts. In diesen Monaten nahm ich über zehn Kilo ab und fühlte mich sehr müde und kaputt. Meist saß ich draußen auf meiner Terrasse unter dem großen bunten Sonnenschirm mit meiner alten Schreibmaschine. Mühsam hackte ich darauf herum und dabei schaute ich oft in meinen Duden wegen der verflixten Rechtschreibung. Erst viel später lernte ich mit dem Computer um zu gehen und stellte fest wie einfach das alles sein konnte.

Es ist erstaunlich wie anpassungsfähig Tiere sind, mein Hund Rex und mein Kater Cimba verhielten sich in dieser für mich so schweren Zeit total ruhig, meist lagen sie in meiner unmittelbaren Nähe und schauten mir zu wie ich auf meiner alten Schreibmaschine herum hackte.

Ganz viel half mir die Natur um mich herum, die Bäume die sich im Wind wiegten und die Blumen die mich mit ihrer Farbenpracht und dem süßen Duft erfreuten. Nicht zu vergessen die Schafsherde deren Glöckchen leise klingelten wenn sie die Blätter von den Bäumen fraßen und ab und zu ein "bääh" ertönen ließen.

Es ersetzte mir nicht mein verlorenes Haus, aber es half mir ein wenig über meine große Traurigkeit hinweg und meine Tränen wurden langsam weniger. In dieser Zeit hatte Danny den Gedanken einen Farbenladen zu eröffnen und gleichzeitig Malerarbeiten anzubieten. Das passende Ladenlokal hatten wir schnell, nun musste es noch ausgebaut und eingerichtet werden. In Spanien sahen die Ladenlokale alle wie einfache Garagen aus, meist ohne Strom, Wasser und Fenster, keine Trennwände und Toiletten.

Danny war von Beruf Malermeister und hatte in den letzten Monaten bei einem deutschen Malermeister gearbeitet um die Farben und Lacke in Spanien kennen zu lernen. Durch einen Zufall lernten wir den Hersteller von geeigneten Farben für Spanien kennen und er half uns bei der Einrichtung des Ladens, genauer gesagt er stellte uns die Farben und Lacke zur Verfügung.

Alles andere machte Danny selber, er setzte Fenster ein, mauerte Trennwände, baute die Toilette ein, lackierte die

Regale und den Ladentisch und malte das große Schild über der Ladentüre. Dann kamen die Farbeimer, die Lackdosen, die Farbrollen und Pinsel, die Leitern und Abdeckfolien, und alles was in ein Farbengeschäft gehört.

Als der Laden fertig eingerichtet war gaben wir eine Anzeige in der deutschen Zeitung auf mit einem Eröffnungsangebot von 10 und 20 % auf alle Farben und Lacke. Dann warteten wir auf unsere Kunden, zuerst kamen sie spärlich, dann wurden es immer mehr und bald hatten wir unseren festen Kundenstamm.
Und auch die Maleraufträge häuften sich, zuerst kleinere, ab und zu ein Zimmer streichen, dann ganze Fassaden. Am Anfang half ich mit, dann stellten wir einen Maler ein und später hatten wir elf Leute.

So ging es einige Jahre und wir waren sehr zufrieden dachten daran eine

Wohnung oder ein Haus zu kaufen, aber es kam doch wieder ganz anders.

In Spanien bekommt man einen Mietvertrag nur für elf Monate dann wieder einen neuen, meist wird die Miete beim zweiten Vertrag teurer. Nun muss man sich entscheiden, entweder mehr zu bezahlen oder sich eine neue Bleibe zu suchen, wir entschieden uns für die zweite Möglichkeit.

In Spanien ist es einfach ein Haus oder eine Wohnung zu finden, es gibt genug schöne Wohnungen und Häuser meist mit Garten und oft mit Pool. Innerhalb von wenigen Tagen bezogen wir ein schönes Haus mit einem großen Garten. Für vier Zimmer bezahlten wir gerade mal 900 DM plus Strom und Wasser. Die meisten Häuser sind mit einem Kamin ausgestattet, Holz ist billig gewesen, oft haben wir es im Wald geholt.

Der Umzug in das neue Haus kein Problem, wir besaßen einen VW Bus, da ging eine Menge hinein, und unsere Maler freuten sich wenn sie Möbel tragen konnten, da gab es hinterher immer ein schönes Essen und Bier und Wein.

Seltsam verhielt sich nur unser Kater Cimba, er schien wie vom Erdboden verschluckt. Wir suchten ihn und er war nirgends zu finden, also fuhren wir ohne ihn los und wollten nach dem Einrichten des neuen Hauses wieder in das alte Haus zurück kommen um ihn dann hier zu finden und mit zu nehmen.

Es dauerte einige Stunden bis wir die Möbel im neuen Haus in die Zimmer verteilt und die Kartons hinein getragen hatten. Aber was war das, da saß unser Kater Cimba und schaute aus dem Fenster, dann sprang er zum Fenster hinaus und kam durch die Türe wieder herein. Das tat er in jedem

Zimmer, so prägte er sich die Umgebung ein, stand in meinem Katzenbuch.

Ich freute mich, dass mein Kater wieder da war, der Hund Rex schlief schon auf dem Sofa, nach dem Essen mit unseren Helfern fielen wir müde ins Bett. Viel Arbeit gab es noch in den nächsten Tagen bis alles wieder eingeräumt und am richtigen Platz stand oder lag.

Nun konnten wir wieder in aller Ruhe elf Monate wohnen, dann ging das alte Spiel von vorne los, neuer Vertrag, mehr bezahlen, oder neues Haus suchen.
Ansonsten gab es keine Probleme mit den spanischen Vermietern, sie waren sehr großzügig, wollten nur pünktlich die Miete, was wir im und um das Haus machten interessierte sie nicht.

Und wie viele Hunde und Katzen sich im Haus aufhielten störte sie nicht, sogar wochenlanger Besuch schien ihnen egal. Wenn etwas zu reparieren war, wurde es prompt erledigt und sie betraten niemals das Haus ohne sich vorher anzumelden Brauchten wir irgendeine Art von Hilfe taten sie ihr bestes um uns zu helfen und sogar bei Behördengängen boten sie uns ihre Hilfe an. Selten wurden wir so gut behandelt wie in Spanien, nicht einmal zuhause in Deutschland.

In Spanien ist der Mensch das Wichtigste und natürlich die Familie, die hält eisern zusammen und hilft sich in allen Lebenslagen. Ganz besonders lieb werden die alten Menschen behandelt, sie werden verehrt und bedient wenn sie nicht mehr arbeiten können, mit Liebe umsorgt, das gibt es bei uns ganz selten oder gar nicht mehr, traurig, finde ich.

Und noch etwas fiel mir in all den Jahren auf, die Spanier haben einen gesunden Stolz den wir Deutschen nicht haben. Sie behandeln Ausländer mit Respekt, allerdings erwarten sie das Gleiche zurück. Und da schneiden manche Ausländer ganz schlecht ab, sie behandeln die Spanier so von oben herab, das geht nicht, da werden sie so höflich das es einen richtig friert.

Wir haben nie Probleme oder Ärger mit den Spaniern gehabt, dafür mit unseren eigenen Landsleuten, die sich aufgeführt habe wie die "Axt im Walde" und meinten sie seien "die Größten", dabei waren sie nur "kleinkariert".

Nicht alle Deutschen gaben sich so, aber einige meinten wirklich sie seien "etwas besseres" und müssten den Spaniern sagen was sie zu tun hätten. Dabei übersahen sie wie weit die Spanier schon damals waren. Und ich habe selten einen faulen Spanier gesehen, fast alle hatten zwei oder drei Arbeitsstellen und das bei der Hitze, immer sahen sie aus "wie aus dem Ei gepellt" und fast immer waren sie freundlich und hilfsbereit zu den Ausländern.

Ehrlich gesagt habe ich mich oft geschämt ein Deutscher zu sein, besonders dann wenn ein Landsmann von uns wieder mal nach dem "Spanjockel" rief um ihm zu sagen das er jetzt sofort sein "Bier" wolle, aber ein wenig "pronto", er sei er hier im Urlaub. Da bewunderte ich die Spanier sehr, wenn sie antworteten: "Sofort Senor, und das Gewünschte mit einem Lächeln servierten. Am schlimmsten fand ich es wenn die Deutschen sich über die Spanier unterhielten und dachten die verstünden kein deutsch. Erst wenn der Ober über den abgelästert wurde ohne Akzent sagte: "Jawohl mein Herr, ich komme sofort", das Bier servierte, fiel dem "Gast" die Kinnlade herunter und er sah ziemlich dämlich aus. Der Ober dagegen behielt sein strahlendes Lächeln und fragte den Gast, ob er sonst noch einen Wunsch habe.

Es gibt einiges was wir von den Spaniern annehmen könnten, ganz besonders wichtig erschien mir das Gesundheitswesen und die Ärzte. In Spanien gibt es in vielen kleinen Städten eine Einrichtung in der man sofort behandelt werden kann.
Ganz schnell sind ein Arzt zur Stelle und ein Rettungswagen, und meist ist einer da der mehrere Sprachen spricht um zu dolmetschen.

Für ganz arme Menschen gibt es ein Krankenhaus das nichts kostet und für Ausländer die ein deutsches Krankenhaus wollen, ist auch gesorgt, es wird viel getan für die kranken Menschen. Die Besuchszeiten sind ganz anders als in Deutschland, man kann seinen

Kranken fast den ganzen Tag besuchen und sogar über Nacht bleiben und es kostet nichts extra.

Dafür ist wenig Pflegepersonal zur Verfügung, das können die Angehörigen übernehmen und sie tun es gerne. Die ganze Familie kommt ins Krankenhaus, bringt das Lieblingsessen mit und auch die Kinder sind hier erwünscht, für mich eine ganz wunderbare Sache die es bei uns nicht gibt.

Was mich sehr bewegte war die Nachbarschaftshilfe in diesem Land. Wenn mich meine spanischen Nachbarn zwei Tage nicht sahen, dann klingelten sie bei mir und fragten nach meinem Befinden. So etwas gibt es bei uns in Deutschland nicht, da schaut keiner ob der Nachbar noch lebt oder nicht, und oft liegen alte Menschen tot in ihrer Wohnung, ich finde das unmenschlich.

Wenn ich dran denke wie gut es die Hunde in Spanien haben dann muss ich heute noch schmunzeln. Früh am Morgen werden die Hunde hinaus gelassen, das Gartentor geöffnet und später wenn sich die Tiere ausgetobt haben kommen sie von selbst wieder nach hause. Das ist ein Gebell und ein Gequietsche und ich muss sagen, ich vermisse es, selten habe ich so friedliche Hunde gesehen wie dort.

Es waren sehr schöne Jahre die ich in Spanien verbringen konnte und oft übermannt mich das Heimweh nach meinem Spanien und seinen Bewohnern die so liebenswürdig und so hilfsbereit waren. Aber wie es so ist, ich hatte damals Heimweh nach meinen Kindern und Enkelkindern und die Umstände erlaubten es nicht in Spanien zu bleiben.

Doch nun zurück zu dem Farbenladen in Spanien, er schnurrte einige Jahre und wir beide mein Danny und ich verdienten gutes Geld damit. Wieder einmal verstrichen elf Monate wie im Fluge und wir bezogen ein kleines Häuschen am Berg. Viele Stufen führten hinauf und Danny schien nicht begeistert zu sein, ich fand das Häuschen romantisch und dachte daran es zu kaufen.

Im Keller des Häuschens hatten wir ein kleines Gästezimmer mit Dusche und WC in der gerade der Freund von Danny zu Besuch weilte und sich sehr wohl fühlte.
Erich schnorchelte im Meer und erholte sich prächtig von seiner anstrengenden Arbeit in Deutschland.

Wir beide Danny und ich arbeiteten tagsüber, und kamen erst am Abend nach hause, ab und zu half Erich Danny beim tapezieren oder streichen. Nach der Arbeit saßen wir meist draußen auf unserer Terrasse und grillten

Steaks oder Würstchen, dazu tranken wir einen blumigen spanischen Wein.

Keiner ging hier um 22 Uhr zu Bett, in den Nächten konnte man schlecht schlafen weil es erst gegen Morgen etwas kühler wurde. Und schon früh um 8 Uhr schien die Sonne schon so heiß das die Abkühlung der Nacht wieder vorbei ist.

Sonne ist schön, zu viel Sonne nervt und erschwert die Arbeit ganz erheblich, besonders wenn man es nicht gewöhnt ist, bei solchen Temperaturen zu arbeiten, aber der Mensch ist zum Glück ein Gewohnheitstier...

Und wie die meisten spanischen Häuser hatte auch dieses Haus ein Flachdach das nicht ganz dicht war. Das hieß das wir bei einem Wolkenguss immer einige Eimer aufstellen mussten um das Wasser auf zu fangen. Zum Glück war ein spanischer Nachbar in der Nähe, er kam nach jedem Regenguss und verschmierte die kleinen Risse im Dach mit seiner "Spezialmischung", dafür verlangte er nur ein paar Peseten, umgerechnet etwa 15 DM.

Der Nachbar Pedro war ein kleiner schmächtiger Mann, immer freundlich und hilfsbereit, "kein Problem" sagte er immer und tatsächlich er reparierte fast alles, nur die "Elektrik" die fürchtete er und meinte, ich brauche einen "Spezialisten".

Eines Tages bekam ich einen Stromschlag als ich meine Waschmaschine öffnete und brauchte diesen "Spezialisten", also ging ich schnell zu meinem Nachbarn.

Eine Stunde später kam der Mann, schaute sich die Maschine von allen Seiten an, öffnete sie und bekam auch einen Stromschlag. Dann debattierte er

mit Pedro der als Dolmetscher mit gekommen war. Ja, sagte Pedro, wir
brauchen eine Leiter, ein großes Holzbrett, einen Schraubenzieher und Iso-
lierband, dann ist alles wieder okay.

Ich brachte das Gewünschte, und
schaute den Beiden bei der Arbeit zu.
Zuerst stieg der "Spezialist" auf die
Leiter und klopfte die Wand ab, schüttelte den Kopf und stieg wieder herunter. Dann legte er das Holzbrett, die
Holzpalette unter die Waschmaschine,
das Klebeband steckte er in die Ta-
sche, den Schraubenzieher gab er mir
wieder ohne ihn zu benutzen. Dann
öffnete der "Spezialist" die Türe der
Waschmaschine und strahlte zufrieden.
"Todo bien" grinste er, und Pedro
meinte, alles ist okay. Kostet nix, sagte
Pedro und beide verschwanden wieder.

Jetzt bekam ich keinen Stromschlag
mehr, aber meine Maschine gab nach
wenigen Wochen den Geist auf weil

sie an Starkstrom angeschlossen war, sagte mir ein deutscher Elektriker, der für seinen Besuch gleich 50 DM verlangte.

Mit der Zeit hatte ich meine Stammhandwerker und einige davon verstanden ihr Handwerk obwohl sie es nie richtig gelernt hatten. In Spanien gab es damals noch keine Ausbildungsberufe, alles was die Handwerker konnten, hatten sie sich selber angeeignet und vom Vater oder Onkel gelernt der es schon jahrelang so machte.

Und so mancher deutscher Handwerker konnte von meinen spanischen Handwerkern noch etwas lernen, den ersten "Spezialisten" mal ausgenommen. Was die Preise anbetraf mochte ich meine Spanier viel lieber, sie nahmen nicht viel, die deutschen Handwerker langten da kräftiger zu.

Und meine Spanier waren sich für keine Arbeit zu schade, da machten die deutschen Handwerker schon Unterschiede, sie machten keine "niederen" Arbeiten, so sagte mir einer als ich ihn bat meinen Garten um zu graben. Dabei inserierte derjenige etwa so: "Allroundman", mache jede Arbeit, komme sofort!"

Als ich ihm das sagte, da grinste er nur breit und meinte: "Sie haben doch überhaupt keine Ahnung!" Jetzt ging mir nicht nur ein Licht sondern ein ganzer Kronleuchter auf, der meinte "Sex", was war ich doch für ein dummes Schaf, deswegen die komischen Blicke von dem Unverschämtling, und die Frage ob ich alleine sei. Klar wer kommt schon im weißen Anzug zum Arbeiten, dazu noch die blond gefärbten Haare und die geölten Haare, grrrr, was für ein ekelhafter Typ, dabei hielt er sich vermutlich für schön.

Ich verstand auch warum mein Hund Rex so geknurrt hatte, da sieht man mal wieder wie schlau Tiere sind , ist doch gut das ein Hund im Hause ist der notfalls zubeißt wenn so ein blöder Typ frech wird. Ab sofort würde ich nicht mehr sagen, dass ich alleine sei, das konnte echt gefährlich werden, und ich wollte meine Ruhe haben.

Das kleine Haus am Berg wo ich wohnte gefiel mir sehr gut, und ich wollte es gerne kaufen, deshalb schrieb ich dem Vermieter einen Brief und wartete auf Antwort. Dany und ich kamen erst am Abend nach hause so auch heute, ganz aufgeregt kam uns der Kater entgegen, er miaute und miaute, so als wolle er uns etwas sagen.

Wieso war er nicht im Haus, wie kam er überhaupt nach draußen, ich hatte ihn in meiner Mittagspause ins Haus gelassen, und jetzt lief er hier draußen herum.

Ich öffnete die Haustür und ging hinein, schaute ins Wohnzimmer und da traf mich fast der Schlag, auf einer Gartenliege neben dem Sofa lag ein Mann den ich nicht kannte.

Dany schüttelte den Mann, aber der wachte nicht auf, kein Wunder, er roch schrecklich nach Alkohol, was tun, jetzt am Abend. Wir beschlossen ihn schlafen zu lassen und am Morgen mit ihm zu reden. Zur Verstärkung holten wir noch Danys Freund Erich nach oben, er schlief im Wohnzimmer auf dem Sofa.

Es war schon ein komisches Gefühl mit einem unbekannten Mann im Haus zu schlafen, aber es würde sich sicher alles aufklären, meinte Dany und Erich stimmte ihm zu. Ich konnte in dieser Nacht nicht schlafen und lag angezogen in meinem Bett.

Am nächsten Morgen entpuppte sich der Fremdling als unser Vermieter, der uns erklärte, er hätte lieber im kleinen Zimmer unten geschlafen, aber das sei schon besetzt gewesen und deswegen wäre er ins Wohnzimmer gegangen. Er verstand nicht warum uns sein Besuch nicht erfreute und teilte uns mit, das er seinen Urlaub genommen und weitere 14 Tage hier bleiben wolle. Damit waren wir nicht einverstanden und er wurde richtig unfreundlich.

Der Vermieter blieb uns noch zwei Wochen erhalten aber inzwischen hatte Danny ein Haus gefunden und wir zogen aus. Niemand kann einem zumuten den Vermieter im Wohnzimmer zu haben, das war ihm aber nicht klar.

Das neue Haus hatte einen schönen großen Garten mit Zitronen und Orangenbäumen und mit wunderschönen Blumen Das Beste daran war die hohe Mauer mit dem großen verschließbarem Gartentor. So hatten wir unsere Ruhe und mussten nicht befürchten das der alte Vermieter vor der Türe stand.

Da hatten wir uns aber gründlich geirrt, denn eines Tages klingelte es und vor dem Tor stand der alte Vermieter und entschuldigte sich. Er wollte uns das Haus günstig verkaufen aber wir wollten nicht mehr, jetzt hatten wir ein Haus und konnten uns mit dem Kauf Zeit lassen.

Wie in allen anderen Häusern bekamen wir wieder einen Vertrag für elf Monate und nach diesen elf Monaten eine Mieterhöhung, es war echt zum Mäuse melken.

Dann trafen wir eine spanische Familie die uns sehr gerne mochte und sie vermieteten uns ihr Haus gleich für zwei Jahre, nun konnten wir uns Ruhe gönnen und mussten uns keine Gedanken machen. Auch dieses Haus hatte einen großen Garten und sogar einen Grillplatz mit einem gemauerten Tisch und einer steinernen Bank im rückwärtigen Teil des Gartens. Und wie fast alle Häuser ein Flachdach das unser Rex und der Kater besonders gerne hatten, dort sausten sie herum und spielten mit einem alten Ball den der kleine Nachbarssohn über die Mauer geworfen hatte. Der Kleine war sechs Jahre alt und liebte den Hund Rex sehr wollte immer mit ihm spielen, aber seine Mutter erlaubte es nicht, sie ängstigte sich.

Zu dieser Zeit kamen wir mittags nach hause und wunderten uns warum unsere Nachbarin vor dem Gartentor stand und sehr aufgeregt war. Sie redete ununterbrochen und zeigte immer nach oben und sagte "Rex ist sein Freund", wir verstanden nur Bahnhof, aber dann verstanden wir plötzlich was sie meinte.

Oben auf dem Flachdach saß der kleine Sohn und warf Rex den Ball zu, der holte ihn und brachte ihn wieder zurück zu dem Kleinen. Ich muss zugeben mir rutschte auch das Herz in die Hose als ich den Buben ganz alleine mit unserem Hund sah. Wie war der Junge nur auf das Dach gekommen, das Gartentor war hoch und immer verschlossen.

Ja, der Bub kletterte einfach drüber um zu seinem Hundfreund Rex zu kommen.
Und weil der Kleine den Hund so liebte durfte er immer wenn wir zuhause waren zu seinem Rex kommen. Später kauften die Eltern dem Jungen einen Hund und er kam nur noch selten.

Eines Nachts schepperte es auf dem Dach und es hörte sich so an als ob eine ganze Herde Ziegen dort oben herum turnten. Wir machten das große Hoflicht an und sahen wie unser Rex

einer wunderschönen jungen Schäfer-
hündin hinterher sprang. Sie lief weg,
er rannte ihr nach und so ging es dann
stundenlang. Plötzlich kehrte Ruhe ein,
dafür klingelte es an unserem Gartentor. Davor stand ein wütender Spanier
und schrie, er wolle seine Conchita
wieder haben, dabei deutete er auf unser Dach.

Wir baten ihn herein und er rannte die
Treppen zum dach hinauf immer wieder "Conchita" schreiend. Dann sahen
wir die beiden Hunde eng aneinander
geschmiegt in einer Ecke liegen. Als
der Mann näher auf die beiden zu ging,
stand Rex auf und fletschte die Zähne,
dann knurrte er und seine Nackenhaare
stellten sich auf.

Nun versuchten wir unseren Rex dazu
zu bewegen, dass er sich wieder hin
legte, aber er verteidigte seine Freundin und knurrte immer zorniger. Da
begriff auch der zornige Hundebesitzer

das er im Moment nichts machen konnte und ging nach hause.

Am anderen Morgen sahen wir die Hündin "Conchita" im Garten hinter unserem Haus herum springen. Dort blieb sie meist bis zum Abend, dann kam sie zu Rex und die Zwei spielten lautstark auf unserem Dach. Das ging fast ein ganzes Jahr so, dann verkaufte der Nachbar sein Haus und Rex bleib alleine. Er wollte zuerst nichts fressen und schien müde und lustlos zu sein, aber nach einer Weile verliebte er sich neu.

Zum Glück brachte er seine kleine Freundin nicht mit zu uns, er blieb einfach bei ihr und kam wann immer es ihm passte nach hause. Dann ging auch diese Liebe vorbei und Rex ging nicht mehr in andere Gärten, er lag alleine auf dem Dach oder spielte wieder mit dem Kater.

Und wie es im Leben so ist kam dann der Nachbar der sein Haus verkauft hatte und wollte Geld von uns weil Rex Vater geworden war, sechs kleine Hundebabys hatte "Conchita" bekommen und wir sollten dafür bezahlen und natürlich einen Hund davon nehmen. Wir redeten mit ihm und meinten wir würden ihm gerne helfen die Hunde gut unter zu bringen, er erklärte sich einverstanden.

Nach einigen Wochen waren alle Hundekinder bei Tier lieben Familien und alle freuten sich. Mit Tieren hat man viel Freude aber manchmal auch Ärger, eines Tages die Nachbarn nebenan grillten im Garten, kam unser Kater mit einem großen Steak im Maul das er uns vor die Füße warf. Hinterher der aufgeregte Nachbar, wir entschuldigten uns und gaben ihm ein Steak von uns. Unser Kater trollte sich und tat als ob er gar nichts gemacht hatte.

Durch den Mietvertrag der zwei Jahre dauerte und dann noch einmal verlängert wurde bekamen wir mehr Kontakt zu unseren spanischen Vermietern. Nach kurzer Zeit meinten sie, dass wir sie Pepe und Maria nennen sollten und auch wir wollten mit unseren Vornamen angesprochen werden. Es entwickelte sich eine schöne Freundschaft und wir wurden sogar zur Hochzeit des Sohnes eingeladen.

Diese Hochzeit fanden wir super, nur beim Essen konnten wir nicht mit halten. Es gab so viel zu essen das wir einfach nein sagen mussten, dabei waren es wirklich ausgesuchte Köstlichkeiten. Die letzte Mahlzeit gab es um 24 Uhr, das waren Sahnetoren, süße Kuchen, Kaffee und Champagner. Dann saß man noch bis morgens um vier Uhr zusammen, zwischendurch wurde getanzt und sich lautstark unterhalten. Meist fanden die Feierlichkeiten draußen im Garten statt, nur bei schlechtem Wetter feierte man drinnen.

Einen Hochzeitsbrauch sollten wir übernehmen, das "schmücken" des Bräutigams mit den Geldscheinen. Der Bräutigam steht neben de Braut in seinem schwarzen Anzug, der Gratulant kommt und heftet mit einer Stecknadel einen Geldschein an die Jacke. Nach und nach ist die Jacke voller Geldscheine und es kommt einiges zusammen. Je nach Größe der Verwandtschaft reicht es zu einer Anzahlung auf eine kleine Eigentumswohnung. Und natürlich gibt es zusätzlich noch viele Briefumschläge mit Geldscheinen, Geschenke wie Bügeleisen etc haben wir nicht gesehen.

Ich finde diese Bräuche absolut super und sehr gut für das Brautpaar, so lebt es sich schon leichter wenn eine Wohnung angezahlt werden kann. Die meisten Spanier haben eine Eigentumswohnung oder ein Haus, Miete bezahlen ist verlorenes Geld sagen sie und da gebe ich ihnen total recht. Eines haben die Spanier auch noch, sie wollen selbständig sein und ein eigenes Geschäft haben, finde ich nachahmenswert.

Für mich sind die Spanier ein ganz besonders warmherziges Volk, sie kümmern sich liebevoll um ihre Eltern und Kinder und der Zusammenhalt in der Familie liegt ihnen besonders am Herzen. Unsere Vermieter hatten uns ebenfalls in ihr Herz geschlossen und wir waren oft zu Gast bei ihnen und sie auch bei uns.

Und so wie unsere spanischen Freunde feierten, so arbeiteten sie auch. Im Sommer hatten sie keinen einzigen Ruhetag in ihrer Kneipe, erst im Winter gönnten sie sich etwas Rast weil weniger Gäste da waren. Und wenn im Sommer viel Betrieb in der Gaststätte war, dann arbeitete sogar die Großmutter mit fast 90 Jahren noch mit und freute sich das sie gebraucht wurde.

Im Winter nahm sich die Familie Zeit für die Renovierung der Kneipe, richtete das Haus und den Garten her, tat alles das wozu im Sommer keine Zeit gewesen war. Eigentlich waren alle stets am arbeiten und dabei freuten sie sich noch wenn die Familienmitglieder mit Kind und Kegel kamen. Man saß um den großen Tisch, jeder hatte etwas zu essen mit gebracht, einer grillte und nach dem essen wurde zusammen abgespült und abgetrocknet, dann gesungen oder getanzt, es waren schöne Stunden die wir dort verbringen durften.

Auch wenn es draußen so regnete das man die Hand nicht vor den Augen sehen konnte gab es keine missmutigen Spanier, nein, die Frauen strickten und häkelten, die Männer spielten Karten oder Schach und die Kinder spielten mittendrin und freuten sich über ihre wenigen Spielsachen. Der Fernseher wurde nicht oft angemacht, manchmal zu einer Telenovela, oder zu einem bekannten Fußballspiel, ansonsten blieb er meistens aus. Die Kinder sahen fast gar nicht fern, sie spielten lieber mit ihren Freunden. Hunde und Katzen lagen friedlich beieinander oder tollten im Garten herum, ein idyllisches Bild das ich noch oft vor Augen habe.

So verging die Zeit und wir fühlten uns immer wohler in Spanien, einige Dinge hatten wir schon angenommen, die innere Gelassenheit und das oft zitierte" Manana", was soviel wie "Morgen" bedeutete, konnte aber auch übermorgen oder in einer Woche sein.

Was uns sehr gut gefiel war, das hier die Familie so eng zusammen war, gemeinsam sehr viel unternahm, und sich trotzdem nicht auf die Nerven ging.

Eigentlich haben wir ganz selten jammernde oder unzufriedene Menschen hier entdeckt und das obwohl sie oft nicht im Überfluss lebten wie wir Deutschen bei uns zuhause. Fast immer hatten sie Verständnis für den anderen Menschen und halfen wo sie konnten.

Wenn so manch einer behauptet hat die Spanier seien rückständig, da kann ich nur lachen. Die Spanier waren vor fast zwanzig Jahren schon so weit wie wir es erst nach Jahren waren. Und keiner konnte so gut improvisieren wie unsere spanischen Freunde. Vor allem lernten sie sehr schnell und kannten keine "Probleme" wie wir immer wieder glaubhaft hörten und erlebten.

Und es stimmte sogar, sie versuchten die "Probleme" so schnell wie möglich aus der Welt zu schaffen und sie haben eines was dem Deutschen fehlt, den Humor.

Gelassen an eine Sache heran gehen, kurz nachdenken, dann handeln, ohne wenn und aber. Das haben wir in Spanien gelernt und es hat uns schon oft weiter geholfen, denn, den typisch "tierischen" Ernst den wir haben, den braucht kein Mensch, der hindert uns oft Probleme aus der Welt zu schaffen.

Ich würde sagen unsere spanischen Freunde haben eine Mischung aus Herz und Verstand und beides eingesetzt kann wahre Wunder bewirken, das haben wir oft erlebt und gelernt und dafür danken wir unseren spanische Freunden.

So verging die Zeit und der Sommer war schon fast vorbei, und wir hatten immer noch keinen Hochzeitstermin, die Papiere schienen ja alle vollständig zu sein. Um in Deutschland heiraten zu können mussten wir einen Wohnsitz dort haben. Und den bekamen wir natürlich nicht wenn wir nicht in Deutschland gemeldet waren.

Deswegen entschlossen wir uns nach Deutschland zu reisen, und genau da lag das Problem, eigentlich mein Problem. Danny hatte damit kein Problem, er meinte kurz und schmerzlos wäre ein Flug und dann könnten wir uns bei der Gemeinde anmelden. Wir würden „ausgehängt" damit jeder sehen konnte, dass wir heiraten und nach zwei Wochen wäre der Hochzeitstermin.

Ich war überhaupt nicht begeistert, so hatte ich mir meine Hochzeit nicht vorgestellt. Wo war denn da die Romantik, das Abenteuer und alles, das gefiel mir so nicht. Es kam wie es kommen musste, wir fingen an uns zu streiten, das war das erste mal seit wir uns kannten.

Tagelang ging es hin und her und ich wollte nicht nachgeben, beharrte auf einer romantischen Zugfahrt und sah schon alles vor mir, die Bahnfahrt, die wunderschöne Landschaft und die Wälder die ich in Spanien schmerzlich vermisst hatte.

Wenn ich damals nur den Hauch dessen gehabt hätte, was uns erwartete, ich wäre sofort in den nächsten Flieger gestiegen und abgeflogen. Zum Glück wusste ich nicht wie diese Reise beginnen und enden würde.

Wir beide gingen ins nächste Reisebüro und wollten eine Reise buchen. Dann erfuhren wir das unsere erste Station die Fähre nach Barcelona sein würde, danach könnten wir mit der Eisenbahn weiter fahren. Und am Schluss der Reise wäre nur noch die S-Bahn, und wir hätten unseren Bestimmungsort erreicht.

Bevor wir unsere Reise antreten konnten mussten wir noch unseren Rex und unseren Cimba unterbringen. Zum Glück hatten wir liebe Freunde die sich darum kümmern konnten. Wichtig war auch, das unsere Tiere sie kannten und sich dort wohl fühlten.

Unser Hund Rex kam zu einem Hundezüchter der gleichzeitig eine Hundepension hatte und ein langjähriger Freund von uns war. Unser Cimba hätte eigentlich auch zu Freunden in eine Katzenpension gehen sollen, aber das klappte leider nicht.

Wir wohnten damals in einer kleinen Finca auf dem Land, Nähe Palma und unsere Vermieter hatten selber Tiere. Unser Cimba liebte den großen Sohn unserer Vermieter und spielte oft mit ihm. Und so brachten wir den Kater zu ihm. Es war das letzte Mal das wir unseren Cimba sahen.

Wo unser Kater geblieben ist, erfuhren wir nie, er blieb verschwunden, und wir suchten nach unserer Rückkehr noch zwei volle Jahre um unseren Cimba zu finden.

Er war ein sehr schöner grauer Russisch Blau Kater mit goldenen Augen. Meist hielt er sich in der Nähe des Hauses auf, weit weg ging er nie. Wenn man seinen Namen rief war er meist sofort da.

Vermutlich war ihm seine ganz besondere Zuneigung zu den Menschen zum Verhängnis geworden. Er lief den Leuten oft hinterher, mit uns ging er sogar spazieren, er fuhr auch sehr gerne im Auto und versteckte sich, damit wir ihn nicht sehen konnten. Oft sprang er während der Fahrt nach vorne und erschreckte uns total.

Er war ein wundervoller und liebevoller Kater gewesen und wir trauerten lange um ihn. Es wäre für uns gut gewesen zu wissen wo er war, aber wir erfuhren es in all den Jahren nicht. Vielleicht hatten ihn auch unsere Vermieter behalten, denn sie ließen uns nicht ins Haus, öffneten nur das Fenster und meinten, der Kater sei weg gelaufen. Das glaubten wir nicht, denn er war immer um das Haus gewesen.

Und dann war es endlich soweit, an einem schönen Sommertag nahmen wir die Fähre nach Barcelona. Wir hatten Kabinenplätze gebucht um ein wenig schlafen zu können wenn wir müde waren.

Hier muss ich ein flechten das ich schon auf einem Dampfer seekrank werde, aber weil die Fähre so riesengroß aussah und ganz langsam fahren sollte, dachte ich nicht daran, dass ich seekrank werden würde.

Das Meer schien am Anfang der Reise sehr ruhig und wurde erst später ziemlich wild und hohe Wellen zeigten sich. Danny lief auf der ganzen Fähre herum und freute sich als die Wellen immer höher wurden, ich bekam langsam Angst. Mein Magen hob und senkte sich und mir wurde richtig elend. Ich hatte Tabletten mit genommen, aber sie zeigten wenig Wirkung. Zum Glück musste ich mich nicht übergeben, aber so elend wie es mir ging, reichte mir schon.

Ich ging kurz in den Speisesaal und sah das herrliche Essen, aber natürlich bekam ich keinen Bissen hinunter. Viele Stunden hörte ich noch einen Hund jämmerlich heulen, der schien ebenfalls seekrank zu sein.

Ich verbrachte die restlichen Stunden abwechselnd in unserer Kabine auf dem Boden sitzend und vor mich hin jammernd, oder im Bad um mein Gesicht und die Hände zu kühlen. Dabei dauert die Fahrt nur acht Stunden, die mir vor kamen wie viele Tage, die Zeit tropfte zähflüssig vor sich hin und ich jammerte leise und versuchte ein Buch zu lesen, was mir natürlich nicht gelang.

Gegen Ende der Überfahrt glätteten sich die Wellen und das Meer schien friedlich und so ganz langsam atmete ich wieder durch und freute mich auf das Ende der Schiffsreise. Dabei hatten wir nur einen ganz kleinen Teil der Reise geschafft, eine große Strecke wartete noch auf uns, und musste bewältigt werden.

Endlich, geschafft, die Fähre lief in den Hafen ein und ich freute mich an Land zu kommen. Aber es dauerte noch eine ganze Weile, nach fast einer Stunde hatten wir wieder festen Boden unter den Füßen, ein schönes Gefühl.

Dann mussten wir unser Hotel suchen das Hotel „LION", wir irrten herum, die Nacht brach herein und ich bekam richtig Hunger. Endlich wir hatten es gefunden, ein sehr sauberes und ruhiges Hotel mit einem Hotelier der nur Katalan sprach. Ich versuchte es mit meinem spanisch und englisch, kein Glück, er zuckte nur die Schultern und lächelte.

Da probiere es Danny, er schmatzte laut und klopfte sich auf den Bauch, aha, der Mann verstand es, murmelte etwas das wie „Suppe" klang. Und dann kam die „Suppe", eine klare Brühe mit etwas Fisch, Gemüse und einem kleinen Stückchen Brot. Es schmeckte sogar gut, aber satt wurde ich nicht, und die Küche war um diese Zeit schon geschlossen.

Ich ging ins Bad und legte mich in ein Warmes Badewasser, das beruhigte mich einigermaßen und bald darauf schlief ich ein. Am nächsten Tag wachte ich früh auf weil mein Magen so laut knurrte, aber Frühstück gab es erst um 9 Uhr. Die Brötchen waren alles andere als frisch und die Wurst nicht so mein Geschmack, der Kaffee so dünn das es mehr ein geplagtes Wasser war, aber mein Magen hatte sich beruhigt und wir konnten weiter reisen.

Jetzt gingen wir zum Bahnhof um mit der Eisenbahn weiter zu fahren, aber die Zeiten die man uns im Reisebüro aufgeschrieben hatte, stimmten nicht, wir mussten über zwei Stunden warten bis wir einen Zug nach München bekamen.

Nun standen wir im Zug nach München und bekamen keinen Sitzplatz weil man gesagt hatte, es gäbe genug Sitzplätze. Das konnte ja heiter werden, dachte ich und verspürte ein komisches Gefühl in meinem Bauch.

Nein, das nicht auch noch, wo war die nächste Toilette in diesem Zug, und hoffentlich erreichte ich sie noch bevor es schlimmer wurde, oder vielleicht schon zu spät. Ich bekam Schweißausbrüche vor lauter Angst das WC nicht zu finden.

Zum Glück behielt Danny die Nerven und suchte für mich die Toilette, nicht einfach bei den vielen Menschen im Zug. Sie alle standen oder saßen dicht gedrängt und wollten einen nicht durch lassen. Unser Problem war das Gepäck das wir dabei hatten, ein Koffer, eine große Reisetasche und ein Rucksack.

Damit wir keine Kleider wechseln mussten, reisten wir in Trainingsanzügen, die uns später kein Glück brachten. Wir schoben uns mit dem Gepäck durch die murrenden Menschen und suchten einen Sitzplatz und ein WC. Irgendwann hatten wir einen Sitzplatz und später auch eine Toilette. Wer den

Ausdruck „Blut und Wasser schwitzen" kennt, der weiß was ich gelitten habe.

Nachdem wir uns den Sitzplatz abwechselnd geteilt hatten ging Danny erneut auf Suche und wurde tatsächlich fündig. In einem Abteil entdeckte er zwei Sitzplätze und wir konnten endlich ein wenig ausruhen. Die Toilette benutzte ich noch viele male und am Schluss musste ich das Klopapier aus einem anderen WC holen weil es ausgegangen war.

Ich hatte mich so auf eine romantische Eisenbahnfahrt gefreut, dass es anders war, enttäuschte mich schon sehr. Die Fenster konnten nicht geöffnet werden, die Sitzplätze nur schwer zu bekommen, und die Menschen saßen überall auf dem Boden und maulten wenn man sie bat Platz zu machen.

Der Preis für diese überhaupt nicht schöne Bahnfahrt total überteuert, die wenigen Sitzplätze in den Abteilen nicht sauber, für mich eine arge Enttäuschung. Dazu noch die nicht stimmigen Abfahrt und Ankunftszeiten, eine Pleite die ich so schlimm nicht erwartet hatte und die mich echt nervte. Das hatte mit Romantik nichts zu tun, ich fühlte mich echt scheußlich und hätte am liebsten vor mich hin geheult. Das noch schlimmer kommen könnte, damit rechnete ich nicht.

Toll nun standen wir zwei also im Zug nach München und hatten natürlich keinen Platz reserviert weil der dümmliche Mensch am Schalter gesagt hatte das wir das nicht brauchen. Und wie es immer so ist wenn ich mich aufrege rebelliert mein Magen und wenig später bekomme ich Bauchgrummeln und muss ganz schnell eine Toilette aufsuchen. Das Gefühl im Magen wurde immer schlimmer und rutschte dann ganz schnell in meinen Bauch.

Oh je, jetzt würde es gleich so weit sein, ich fühlte mich schrecklich und schickte ganz schnell ein Stoßgebet zum Himmel. Dann rannte ich los und fand zum Glück die Türe mit dem WC Zeichen. Ich stürzte hinein, keine Minute zu früh, schon ging es los, ich erspare euch die Einzelheiten, nur so viel, ich hatte eine längere Sitzung und das des Öfteren.

Dann getraute ich mich nicht aus dem stillen Örtchen heraus weil ich so eine markante Duftnote hinter lassen hatte, das dem Nachfolger sicher auch elend werden würde. Das schlimmste, ich konnte kein Fenster öffnen, gab es in diesem Zug nicht. Dann nach geraumer Zeit öffnete ich die Türe und als ich sah das keiner davor stand, rannte ich schnell in das nächste Abteil, dort setzte ich mich auf den einzigen freien

Platz weil ich Angst hatte um zu fallen, so aufgeregt war ich.

Nach einiger Zeit machte ich mich auf die Suche nach meinem Danny, der seinerseits nach mir suchte. Und wir trafen uns in der Mitte des Zuges, ich fühlte mich schon besser und wir gingen beide in den Speisewagen um eine Kleinigkeit zu essen. Zwei Plätze fanden wir auch, jetzt konnte nichts mehr schief gehen. Unser Hunger äußerte sich in einem lauten Knurren unserer Mägen und konnte nicht überhört werden. Der Kellner schaute uns an und meinte es gäbe nur noch Sandwich mit Huhn oder Hamburger, aber Kaffee wäre noch viel da.

Danny und ich schauten uns an und sagten ja zu Hamburger und Sandwich mit Huhn, auch zum Kaffee, dabei mochten wir weder das Huhn und den Hamburger, schon zweimal nicht, aber unser Hunger ließ uns keine andere Wahl.

Es schmeckte eigentlich gar nicht so schlecht, außerdem konnten wir ja in Genf, das sollte die nächste Station sein, etwas Schönes essen. So fuhren wir durch die Nacht und freuten uns auf Genf, ein gediegenes Essen, ein warmes Bad und ein weiches Bett.

Endlich wir hatten Genf erreicht und freuten uns auf eine ruhige Nacht, der blöde Regen konnte uns nicht stören, dachten wir. Frohen Mutes gingen wir zu dem Hotel das nur wenige Schritte vom Bahnhof entfernt lag. An der Rezeption erfuhren wir das alle Betten belegt und erst am nächsten Tag frei werden würden.

So erging es uns mit fünf weiteren Hotels, also gingen wir wieder zurück zum Bahnhof um eventuell ein Stückchen näher an München heran zu kommen.

Ein älterer Beamter saß am Schalter und riet uns doch den Zug nach Zürich zu nehmen. Der Zug käme in einer Stunde und wir könnten ja noch eine Kleinigkeit in der Bahnhofsgaststätte essen und trinken. Super dachten wir, so ein Schnitzel mit Kartoffelsalat und ein kleines Bier wäre jetzt okay. Aber es gab keine Schnitzel, keinen Kartoffelsalat, entweder ein Brot mit Käse oder Wurst oder einen Hamburger, eventuell noch eine Bratwurst.

Wir nahmen nur ein kleines Bier und ein Käsebrot, dachten ja immer noch das wir in Zürich ein feines Essen bekämen, man soll manchmal nicht denken, das fanden wir auf unserer Hochzeitsreise heraus. Wir saßen wieder im Zug und freuten uns auf Zürich eine Weltstadt mit Herz wie man sagt und was ist dabei heraus gekommen ist, das erzähle ich euch auf der nächsten Seite, und es bleibt echt ganz schön spannend auf dieser Reise.

Immer noch donnerte der Zug durch die schwarze Nacht und wir fingen an zu frieren weil der Zug noch nicht beheizt wurde. Der Regen peitschte gegen die Fenster und unsere Stimmung sank so langsam auf den Nullpunkt.

Dann lief der Zug in Zürich ein, wir atmeten auf und freuten uns auf ein schönes Essen, ein warmes Bad und ein weiches Bett. Es regnete natürlich auch in Zürich, der Regen nervte, der Wind der noch dazu gekommen war auch, und wir fühlten uns so richtig scheußlich.

Aber in dieser großen Stadt würden wir sicher ein Hotel finden, und dann alles nachholen, das Essen, das warme Bad und das weiche Bett, so dachten wir. Ja, und dann gingen wir auf Hotelsuche, ich weiß nicht mehr wie viele Hotels wir aufgesucht und später angerufen hatten, wir bekamen kein Zimmer mehr.

Dann sahen wir einen Taxifahrer mit Hund, und mit dem fuhren wir auf Hotelsuche. Etwas außerhalb wäre es besser sagte er, weil gerade Messen wären und da sei es schon schwieriger ein Hotelzimmer zu bekommen.

Okay sagte ich dann fahren wir wieder zum Bahnhof und warten dort in der Bahnhofshalle. Ja, auch das geht nicht, da wird gerade umgebaut, meinte der freundliche Mann. Aber wenn sie wollen fahren wir noch da hin wo sie eventuell in zwei oder drei Stunden noch ein Zimmer bekommen. Im Moment ist dort noch eine größere Veranstaltung, aber wenn die zu Ende ist, dann reisen einige Gäste ab und sie haben die Aussicht ein Zimmer zu bekommen.

So machten wir es, wir warteten auf das Ende der Veranstaltung und setzten uns in die Sessel die in der großen Empfangshalle standen. Zugegeben wir fühlten uns nicht gerade gut, hatten wir doch unsere Trainingsanzüge an und Rucksäcke dabei, ganz zu schweigen von dem riesigen Koffer der immer wieder aufgehen wollte und deswegen mit einem Lederband zugebunden doof aussah.

Da saßen wir nun wie "Pik Sieben auf dem Eimer" und taten so, als ob wir die Blicke der Menschen die an uns vorbei zogen nicht bemerken würden. Und eines nahmen wir uns vor, nicht mehr in Trainingsanzügen zu reisen.

Es ging schon auf fünf Uhr morgens zu, die Empfangshalle leerte sich immer mehr, da kam ein Herr auf uns zu und meinte das Zimmer sei jetzt frei. Wir bedankten uns und schlürften müde hinter ihm her.

Nach dem Essen fragten wir schon nicht mehr, weil es ab sieben Uhr morgens ein großes Frühstücksbüffet gab, hatten wir in der Empfangshalle auf einem Plakat gelesen. Dann nahm ich ein heißes Bad und sank in mein weiches Bett, ich sah und hörte nichts mehr bis mich Danny aufweckte.

Ich freute mich auf das große Frühstücksbüffet und lief schnell hinunter um mir ein schönes Frühstück zu holen. Wir müssen uns beeilen sagte Danny, der Zug geht in einer halben Stunde. Ich trank einen Kaffee im stehen und nahm eine Semmel mit Wurst belegt mit. Danny tat das Gleiche, dann wollten wir zum Zug gehen, aber der Mann an der Rezeption klärte uns auf.

Wir brauchten uns nur in die Trambahn zu setzten die vor dem Hotel stehe und würden dann direkt zum Bahnhof kommen und das alles ohne Stress.

Wir bedankten uns und nahmen die Trambahn die vor dem Hotel stand. Komisch, als wir ausstiegen sahen wir nur einen großen Park und keinen Bahnhof. Wir fragten einen Mann der gerade einsteigen wollte nach dem Bahnhof. Er lachte und lachte und konnte gar nicht mehr aufhören zu lachen. Dann meinte er, wir wären in die falsche Richtung gefahren, also müssten wir nun in die richtige Richtung fahren.

Wir konnten nicht mehr lachen, hoffentlich war unser Zug noch da. Klar, dass wir von unserem Zug nur noch die Rücklichter sahen, aber es gab schlimmeres, der nächste Zug fuhr in zwei Stunden.

Ich dachte an das tolle Frühstücksbüffet und murrte und knurrte vor mich hin, aber das änderte gar nichts. Ich hatte immer noch Hunger und hoffte auf einen Speisewagen mit etwas ess-

126

barem. Danny schien ziemlich gelassen, er meinte nur, bald sind wir in München und da essen wir Weißwürste mit Brezen und trinken ein Weißbier, ich sagte "Jaa, das machen wir!"

Endlich, da kam unser Zug angerauscht, jetzt noch Sitzplätze und ein paar Stunden Fahrt, dann waren wir an unserem Bestimmungsort angekommen. Auch dieser Zug hatte Fenster die sich nicht öffnen ließen, und er war ziemlich voll, aber wir bekamen trotzdem Sitzplätze um uns auszuruhen.

Einen Speisewagen gab es nicht, aber bei einem kurzen Aufenthalt konnten wir Kaffee und Sandwiches kaufen, zu einem Wahnsinnspreis, aber das war nicht zu ändern, bald würden wir unsere Weißwürste, Brezen und Weißbier in Bayern genießen und uns richtig wohl fühlen.

Jahrelang hatte ich nicht nach hause gewollt, Schuld daran waren Unstimmigkeiten mit meiner Mutter und meinem Bruder der sich immer wieder in Sachen einmischte die ihn gar nichts angingen und mir schadeten. Kurzum, er wollte alles und die anderen Geschwister gingen ihn nichts an , so dachte er und meine Mutter unterstützte ihn und er meinte, er sei im Recht.

So langsam freute ich mich auf zuhause und das obwohl mein Vater nicht mehr lebte, meine Mutter mochte uns Mädchen, meine jüngere Schwester und mich nicht so sehr , sie liebte eigentlich nur unseren Bruder, und der hing ständig an ihrem Rockzipfel und hatte deswegen den Spitznamen „Nabelschnur" bekommen.

Am meisten nervte mich an ihm, das er ein elender "Besserwisser" und ein "Neunmalkluger" und dazu noch ein "Hektischer Schwarzseher" war, der mich immer an den Rand der Verzweiflung brachte, dazu log er noch das sich die Balken bogen.

Die Zugfahrt war alles andere als schön und ich hatte es schon zig male bedauert das ich eine romantische Bahnfahrt wollte, aber Danny sagte nichts, grinste nur manchmal ein wenig.

Nach einer Weile hielt der Zug in Lindau und die Bahnpolizei lief durch den Zug, sie kontrollierten die Pässe, nichts ungewöhnliches. Sie gingen fort und dann kamen sie wieder und blieben vor Danny stehen. Herr G. Kommen Sie bitte mit sagten sie und ich dachte ich spinne, was wollten die denn von Danny?

Danny ging mit und meinte es würde sich alles aufklären, ich lief hinterher und schrie die Beamten an, aber die sagten nur, Danny wüsste schon, was los sei. Mein Herz raste, mein Kopf dröhnte, ich war völlig fertig, was sollte ich nur tun?

Fahr einfach nach München und dann telefonieren wir sagte Danny noch, dann war er mit den Polizisten verschwunden. Ich fuhr nach München weiter und nahm die S-Bahn zum Ammersee, heulend und schimpfend kam ich bei meiner Mutter an.

Ich hatte meine Mutter jahrelang nicht gesehen und nun stand ich vor ihr ohne meinen Danny und erzählte ihr was passiert war. Ihr Blick war eiskalt und die Begrüßung auch, dann gab mein Bruder noch seinen „Senf" dazu, der da lautete: "Ich hab es gleich gewusst! Ein Gauner und wahrscheinlich noch ein Heiratsschwindler".

Etwas anderes erwartete ich von ihm nicht, da er schon immer der totale Pessimist gewesen ist. Die Stimmung sank auf den absoluten Nullpunkt, Unterhaltung kam keine auf, die Minuten verstrichen zäh und tropften langsam dahin. Ich wartete sehnlichst auf den Anruf von Danny.

Endlich klingelte das Telefon. Ich komme in einer Stunde sagte Danny und erzähle ich euch alles. Ich war so froh, dass ich gleich wieder los heulte, meine Familie schaute mich nur an und sagte gar nichts.

Ich beschloss zur S-Bahn zu gehen um dort auf Danny zu warten, zuhause gefiel es mir nicht, also stiefelte ich trotz des dichten Schneetreibens los. Die S-Bahn ist nur etwa zehn Minuten von dem Haus meiner Mutter entfernt und im Bahnhofsgebäude gibt es eine kleine gemütliche Kneipe.

Ungefähr jede Stunde kommt eine S-Bahn bis ca. 24 Uhr, dann erst wieder um 5 Uhr morgens. Ich stand schon zwei Stunden dort und immer noch kein Danny in Sicht, so langsam machte ich mir doch Sorgen, wo blieb er denn nur? Es sollte insgesamt fast vier Stunden dauern bis er ankam, endlich bei der vorletzten S-Bahn stieg er aus und ich war froh ihn zu sehen.

Wo warst Du denn so lange, fragte ich ihn? Ja, sagte er, las uns was essen und trinken gehen, ich habe echt Hunger und Durst. Mir ging es genauso und wir gingen in die kleine Bahnhofskneipe, nachhause gehen wollten wir im Augenblick nicht.

Dann erzählte Danny was so alles passiert war. Zuerst nahmen in die Beamten mit und sagten ihm weswegen sie ihn verhafteten. Und ich glaubte es fast nicht als er mir sagte, dass man wegen einer solchen Lapalie fest genommen wird.

Danny wurde vorgeworfen seinen Führerschein nicht abgegeben zu haben, dabei hatte er es nicht gewusst, weil er zu dieser Zeit schon in Spanien lebte. Unfassbar das man wegen eines solchen Deliktes verhaftet wird. Zum Glück kannte er einen bekannten Anwalt den er anrufen konnte und der schnellstens kam um ihn zu helfen.

Froh alles hinter sich zu haben und endlich meine Familie kennen zu lernen, wartete er an der S-Bahn, dort klopfte ihm ein Bahnpolizist auf die Schulter und wollte den Ausweis sehen. Dann meinte er lakonisch: "Kommen Sie mit, sie sind verhaftet!"

Danny ging mit und als der Beamte ihn fragte wo er her komme und was er arbeite, sagte er dass er in Mallorca lebe und einen Farbenladen habe. Ja, ja lachte der Beamte, und ich bin Bananenbieger in Afrika.

Wenn ich es heute so nieder schreibe wie es sich damals zugetragen hat, dann liest es sich so locker vom Hocker, aber so war es leider nicht ganz. Es ging ganz schön an unsere Nerven und dabei wollte ich doch nur eine ganz „romantische Hochzeitsreise" sonst gar nichts.

Der Beamte der Bananenbieger sein wollte rief dann in Lindau an und Danny wurde wieder frei gelassen. Natürlich war er sauer und wollte alles der Münchner Abendzeitung erklären, aber nun freute er sich, das er endlich in die vorletzte S-Bahn steigen und mir alles erzählen konnte.

Und wie es so war, wir sollten auch diesen Abend nicht in den Genuss einer warmen Mahlzeit kommen, da es zu spät war und so begnügten wir uns mit dem was es noch gab. Dann gingen wir zum Haus meiner Mutter, sie sagte nur zwei Sätze: "Guten Abend und

Gute Nacht!", dann gingen wir in unser Zimmer wo schon die nächste Überraschung auf uns wartet.

Mitten im Zimmer stand kein Bett, sondern lag eine große Luftmatratze. Danny und ich schauten uns an und dann ließen wir beide uns einfach auf die Luftmatratze fallen es machte „Pfftttt" und die Luftmatratze war platt wie eine Flunder. Und was taten wir, ja, wir lachten und lachten und blieben einfach liegen um irgendwann ein zu schlafen ohne die Matratze wieder auf zu blasen.

Wieder Erwarten schliefen wir gut und wachten am nächsten Tag gut gelaunt auf, meine Mutter wirkte freundlicher und beim Frühstück erzählte Danny was sich so alles abgespielt hatte. Wir mussten noch zur Gemeinde um unser Aufgebot aus zu hängen damit wir dann endlich nach der vorgeschriebenen Frist heiraten durften.

Dann zeigte ich Danny meinen geliebten Ammersee den ich so viele Jahre
nicht mehr gesehen und sehr vermisst
hatte, klar das er ganz begeistert war,
denn er liebte das Wasser und wollte
schon immer an einem See wohnen.

Danny lernte auch meine Geschwister
kennen und mein jüngster Bruder Dieter und seine Frau wollten für uns in
seiner kleinen Kneipe kochen, wir
freuten uns riesig und stellten schon
das das Essen zusammen. Leider wurde nichts daraus, da sich innerhalb der
Familie Differenzen ergaben.

Der wollte nicht kommen, wenn die
kam und so weiter, ich wollte es allen
recht machen und so endete es dann
mit einem „Hochzeitsessen" das es
sicher nicht jeden Tag gibt.

Meine Mutter übernahm das „Essen",
hier ist es: "Weißwurst und Brezen",
kurz und schnell, ich sagte nichts mehr

und schaute nur meinen Danny an, der grinste verhalten, ich wusste warum. Er wollte zum Essen gehen und ich nicht, das alles wegen der Familie, die ich heute am liebsten auf den Mond geschossen hätte.

Es ist nicht zu glauben, da komme ich nach vielen Jahren nach Hause und dann dieses „Wahnsinnsessen". Dabei hatten wir beide Danny und ich meiner Mutter noch den Flur mit einer Handstruktur verschönert weil sie es sich so wünschte. Ich wollte nur schnell heiraten und dann nichts wie weg von dieser „netten" Familie und auf Hochzeitsreise gehen.

Endlich ein Lichtblick, heute sollte unser Hochzeitstag sein, schon am frühen Morgen fühlten wir uns schlapp und krank, hatten Halsschmerzen und Fieber, aber wir wollten heute heiraten und dann nichts wie weg nach Frankreich und endlich ausruhen und sich wohl fühlen.

Wir fuhren zum Standesamt ins Kurparkschloss, mein Bruder Dieter filmte alles mit seiner Videokamera und mein Mutter erschien in einem alten Colombo Trenchcoat, ich wunderte mich über gar nichts mehr und freute mich das meine langjährige Freundin unsere Trauzeugin wurde.

Nach dem „Hochzeitsessen" blieben wir noch einen Tag, meine Schwester richtete noch eine Wurst und Käseplatte und am nächsten Tag fuhren wir mit dem Zug Richtung Frankreich um endlich unsere Flitterwochen zu genießen.

In einem kleinen Ort hatten wir ein Zimmer gebucht und freuten uns schon endlich richtig ausschlafen zu können. Natürlich kamen wir viel zu früh dort an so etwa um vier Uhr Morgens, da schlief noch alles, wir warteten bis sieben Uhr, dann sahen wir unser Zimmer und beschlossen es nicht zu nehmen weil es viel zu klein war und unter dem Dach lag.

Wir bekamen einen kleinen Bungalow mit Terrasse und fühlten uns so richtig wohl. Und dann bestellten wir uns etwas zu essen, ja, endlich konnten wir das Essen genießen, vier Gänge und dann noch das Dessert, ein Genuss der ganz besonderen Art.

Zwei Stunden saßen wir beim Essen und freuten uns, dass wir so eine gute Wahl getroffen hatten. Wir machten lange Spaziergänge in die Umgebung und sahen die zarten rosafarbenen Flamingos und die kräftigen wundervollen Wildpferde, natürlich schossen wir viele Bilder als Erinnerung an diese Hochzeitsreise die so ganz anders begonnen hatte und jetzt noch so ein schönes Ende nahm.

Ganze zwei Wochen konnten wir schlemmen, schlafen, und noch andere Dinge tun, dann mussten wir wieder nach Hause fahren. Aber jetzt wollten wir zuerst einmal alles genießen und an nichts anderes denken, das hatten wir uns verdient. Die Franzosen selber mochten uns Deutsche nicht so besonders, nur unser Hotelier machte eine Ausnahme, er unterhielt sich oft mit uns und er kochte uns noch viele schöne Gerichte.

Seit Wochen war es uns nicht mehr so gut gegangen wie jetzt in Frankreich auf unserer Hochzeitsreise. Sogar das Wetter zeigte sich von seiner besten Seite, die Sonne strahlte vom Himmel das es einem Freude machte zu leben.

Die Blumen blühten und der Lavendel duftete berauschend, es gab richtige Lavendelfelder die in blau und lila leuchteten und sich leise im Sommerwind wiegten. Ein Bild das ich noch viele Male vor mir sah und das mich immer sehnsüchtig an Frankreich denken ließ.

Und auch die wunderschönen zarten Flamingos blieben in meiner Erinnerung und natürlich die Wildpferde die wir immer wieder bei unseren langen Spaziergängen bewundern durften.

Schade das ich nicht malen konnte, dass bedauerte ich sehr, aber dafür fotografierten wir fleißig um wenigstens Bilder zu haben. Die Franzosen selbst kümmerten sich wenig um uns, sie streiften uns mit flüchtigen Blicken, reden wollten sie nicht mit uns. Nur unser Hotelier unterhielt sich oft mit uns und gab uns das Gefühl willkommen zu sein.

Dabei hatte es nicht so gut angefangen. Bei unserer Ankunft mussten wir lange auf ihn warten und das gebuchte Zimmer gefiel uns überhaupt nicht. Wir bestanden auf ein neues Zimmer.

Zum Glück stand ein kleiner Bungalow leer und wir nahmen ihn obwohl er nicht so günstig war. Aber Danny meinte man heiratet nur einmal und ich freute mich das er so dachte. Nach all dem Stress den ich nie erwartet hatte war ich total froh mich jetzt so richtig entspannen zu können. Und so erlebten wir wunderschöne Wochen und beschlossen jedes Jahr hier nach Frankreich zu kommen um Urlaub zu machen.

Die Tage vergingen wie im Flug und bald mussten wir wieder nach Spanien zurück, nur noch wenige Tage und unser Urlaub war zu Ende. Seit zwei Tagen regnete es nun schon und das machte uns den Abschied ein wenig leichter.

Der Regen steigerte sich und es goss wie aus Kübeln, unmöglich mit dem Zug wegzukommen. Wir hatten bereits um eine Woche verlängert und das Geld wurde schon knapp, jeden Tag gingen wir zum Bahnhof um nachzusehen ob endlich ein Zug fuhr, aber wir hatten Pech.

Es wurde kalt und nebelig in Frankreich und wir wollten nach Hause, endlich nach zehn Tagen saßen wir in der Eisenbahn Richtung Spanien. Und die Züge waren leerer geworden, dass bedeutete wir hatten endlich ein Abteil für uns alleine und konnten sogar schlafen.

Nun dachte ich mit Schrecken an die Fähre und wünschte mir nicht Seekrank zu werden. Tablette dafür gab es und ich nahm sie auch ein. Aber sobald sich das riesige Schiff in Bewegung setzte, rutschte mein Magen nach unten und ich fühlte mich hundeelend.

Danny stand auf dem Deck und freute sich über den Wellengang und was mir unbegreiflich erschien, er konnte sogar essen, ich bewunderte ihn richtig. Ich ging in den Speisesaal, sah das Essen und schon wurde mir schlecht und ich rannte hinaus.

Ich ging in die Kabine und jammerte vor mich hin, unten im Frachtraum hörte ich einen Hund jaulen, ich betete zu Gott und bat ihn irgendetwas zu tun. Die Zeit tropfte langsam vor sich hin und schien nicht zu vergehen. Wie sollte ich die Acht Stunden Überfahrt nur überstehen? Wie immer fand Danny eine Lösung er entdeckte die einarmigen Banditen auf dem Schiff und setzte mich mit ein paar Münzen davor. Bei Spielen vergaß ich wie übel ich mich fühlte und überbrückte so einige Zeit, genauer gesagt bis die Münzen alle waren.

Dann bin ich eingeschlafen und erst wieder aufgewacht als die Fähre die Insel erreichte. Zuerst wollte ich es nicht glauben, dann ging ich mit Danny von Board und freute mich wieder festen Boden unter den Füßen zu haben.

Nur noch eine Stunde Fahrt, dann konnte ich mich duschen und mich in mein eigenes Bett legen ich freute mich riesig. Morgens um Acht Uhr ist es schwierig ein Taxi zu bekommen, erst um Neun Uhr stiegen wir in ein Taxi und fuhren zu unserem kleinen Haus.

Alles sah noch so aus wie frühre und ich gönnte mir eine lange Dusche um den Reisestaub loszuwerden, dann legte ich mich in mein Bett, selig endlich wieder zu Hause angelangt zu sein.

Wie Danny mir erzählte muss ich sofort eingeschlafen sein. Wach wurde ich weil Danny mich aufweckte und dabei so eigenartig anschaute, und mich fragte ob es mir gut ginge. Was hat er denn dachte ich, er fragt doch sonst nicht so komisch.

Ich wurde richtig sauer und schimpfte ihn, sagte er solle mich weiterschlafen lassen ich sei müde. Er meinte ich schlafe nun schon seit zwei Tagen und mache sich ernsthafte Sorgen.

Das führte zum ersten Ehekrach, ich glaubte ihm nicht, dass ich zwei Tage geschlafen hatte und er versuchte mich davon zu überzeugen in dem er den Videotext vom Fernseher einschaltete, da sah ich das er Recht hatte und entschuldigte mich bei ihm.

In Spanien schien die Sonne und wir waren froh zu Hause zu sein. Heute würden unseren Hund abholen den wir bei Freunden untergebracht hatten. Unser Rex freute sich und warf uns beinahe um vor Glück uns wieder zu sehen. Dann gingen wir zu unserem Vermieter um unseren Kater zu holen, aber er sagte uns der Kater sei nicht mehr da, er wäre weggelaufen. Wir suchten unseren Kater überall, fast ein Jahr lang, fragten auch im Tierheim nach aber unser Kater blieb verschwunden.

Ich war traurig, mein Kater Cimba der schöne und liebe war verschwunden und würde vermutlich nie mehr nach hause kommen. Eigenartig schien mir nur das er weg gelaufen sein sollte, er der sich immer in der Nähe des Hauses auf gehalten hatte und wenn man seinen Namen gerufen hatte, auch sofort erschienen war.

Ich sah ihn noch vor mir, so klein und zart, ein silbergraues bauschiges Wollknäuel mit wunderschönen goldfarbenen Augen, in das ich mich damals sofort unsterblich verliebte. Sein Besitzer ein Koch konnte ihn nicht behalten weil der Kleine ihm immer nachlief und laut miaute wenn er alleine gelassen wurde. Also nahm ich den Kater sofort mit und er fühlte sich bei unserer Familie sehr wohl.

Am meisten hin gezogen fühlte er sich zu Benny meinem Sohn, der ihn auch sehr liebte. Es ist schon wundersam wie sich die Tiere besonders die Katzen „ihren" Menschen aussuchen und ihm zeigen wie lieb sie ihn haben. Und sie sind unbestechlich in ihrer Wahl, das ist der Unterschied zwischen Mensch und Tier.

Unser Hund Rex war wieder bei uns und er suchte seinen Kater Cimba natürlich auch, er bellte laut, dann setzte er sich hin und wartete, aber der Kater blieb verschwunden. Rex versuchte es wieder und wieder, aber kein Cimba kam, irgendwie verstand der Hund nicht, warum der Kater nicht kam wenn er ihn „rief".......

Dann eines Tages verschwand Rex, ganze drei Tage sahen wir ihn nicht, endlich kam er wieder, legte sich hin und wollte nichts mehr fressen. Wir brachten ihn zum Tierarzt, der konnte nichts finden. Wir erzählten dem Tierarzt, dass unser Kater verschwunden war und er meinte, es ist möglich das der Hund um ihn trauert und wir sollten Geduld mit ihm haben. So war es, ganz langsam gewöhnte sich Rex daran das unser Kater nicht mehr bei uns war. Auch wir versuchten uns an den Gedanken zu gewöhnen das unser Cimba nicht mehr kommen würde, und das tat verdammt weh, wir vermissten ihn alle sehr.

Unsere Freunde freuten sich das wir wieder zu hause waren und wollten natürlich alles über unsere Hochzeits-reise wissen. Klar, das wir sie alle einluden und mit ihnen feierten. Als sie von der „Rast im Knast" hörten, glaubten sie es uns nicht und meinten, so etwas gäbe es doch nicht, wir wollen sie veräppeln.

Damals arbeitete ich für die „Viva Mallorca" eine deutschsprachige Zeitung in Spanien und meine Redakteurin und Verlegerin dieser Zeitung meinte, das müsste unbedingt gedruckt werden, das sei einfach „irre"......

Ich wollte es nicht für die Zeitung schreiben, aber ehrlich gesagt entstand schon damals bei mir die Idee daraus ein Buch zu machen, denn so eine Hochzeitsreise konnten bestimmt nicht viele Paare vorweisen. Und wie ich eben so bin, hatte ich mir ganz viele Notizen gemacht um nichts zu vergessen.

Für die Zeitung schrieb ich weiterhin Artikel, Kurzgeschichten und meine

Kolumne die unter einem Pseudonym, weil ich so schreiben konnte, wie mir der „Schnabel gewachsen" war, das machte mir richtig Spaß. Am meisten freute ich mich, wenn die Leute über den „Johannes" ab lästerten und nicht wussten wer hinter ihm steckte.

Heute holten wir unsere Trauzeugin und meine langjährige Freundin vom Flughafen in Palma ab, sie sollte bei uns Urlaub machen. Ich kannte sie viele Jahre und freute mich sehr über ihren Besuch. Sie gehörte zu den Menschen die angenehm, liebenswürdig und bescheiden sind und die man gerne um sich hat.

Sie wartete schon auf uns, die Maschine landete früher als erwartet. Dann bestaunte sie das kleine Häuschen in dem wir jetzt lebten. Am besten gefielen ihr die große überdachte Terrasse und natürlich die Schafe die bis zum Häuschen kamen um die saftigen Blätter von den Bäumen ab zu fressen. Besonders gerne mochte sie die kleinen Lämmer , sie freute sich über das leise „bäh" ihrer zarten Stimmchen und schaute ihnen stundenlang zu wenn sie noch so ungelenk über die Wiese rannten.

Man konnte schon sagen das die Schafe in verschiedenen Tonlagen das „bäh" oder „mäh" abgaben, und es hörte sich herrlich an, einmal hoch, dann tief, und bei einem altem Schafbock dachte man an einen Menschen mit Raucherhusten.

Auch unser Hund Rex saß oder lag auf der Terrasse und schaute den Schafen zu, einmal sprang er über den hohen Gartenzaun der unser Häuschen von der Wiese abtrennte und wollte mit den Schafen spielen. Das blieb nicht ohne Folgen, die Schafe bekamen Angst und rannten aufgeregt davon. Die kleinen Lämmer stolperten und wurden von den großen nieder getrampelt.

Drei kleine Lämmer starben und der Besitzer der Schafe verlangte Schadenersatz den wir auch bezahlten. Unser Hund Rex erschrak so sehr das er nie mehr über den Zaun sprang, er bellte die Schafe nur noch an, das leider ausdauernd.

Rex brauchte wieder einen Spielgefährten und als ich von einer Bekannten hörte das ihre Freundin ihren Kater weg geben müsste weil sie weg zieht, rief ich sofort bei ihr an um nach dem Kater zu fragen. Wir fuhren einige male dort hin, den Kater bekamen wir erst beim dritten Besuch zu Gesicht, vorher blieb er immer unter dem Schrank sitzen.

Der Kater hieß Momo und er wurde ein Familienmitglied von uns und besonders von Rex, der schien überglücklich wieder einen Freund zu haben. Er sauste um den Kater herum und versuchte ihn ab zu schlecken, was ihm manchmal auch gelang. Bald entstand eine wunderbare Freundschaft die viele Jahre anhielt.

Kater Momo kam aus der Familie der indischen Tempelkatzen und er zeichnete sich durch seine ruhige und oft vornehme Art aus. Sein Fell hellbeige bis dunkelbraun glänzte und eine Art Maske hob seine strahlend blauen Augen besonders hervor, wenn er aufgeregt war schielte er und schnurrte laut. Mein Tierarzt meinte Momo sei ein Thai Kater und ein besonders schöner dazu. Ein besonderes Merkmal dieser Katzen war ihre Treue und ihre „Redegewohnheiten", sie miauten viel und liebten ihre Familie ganz besonders.

Kater Momo fuhr gerne im Auto mit und erschreckte uns manchmal fast zu Tode, nämlich dann wenn er sich heimlich ins Auto schlich und auf dem Rücksitz wartete bis das Auto los fuhr, um dann mit einem kühnen Sprung auf dem Vordersitz zu landen.

Kater Momo liebte nur einen Menschen und das war Danny, mich maunzte er manchmal an, aber mit Danny „redete" er sehr viel. Und noch eine Leidenschaft besaß er, lange Spaziergänge waren seine Lieblingsbeschäftigung. Da ging er ganz geschickt vor, er wartete meistens bis einer von uns das Haus verließ, dann schlich er hinterher, aber so geschickt, dass man ihn nicht bemerkte.

Nicht selten geschah es das er plötzlich in unserer kleinen Kneipe wo wir ab und zu einkehrten neben uns auf einem Stuhl saß und fröhlich miaute.

Als wir Momo abholten war er ein richtiger Einzelgänger gewesen und hatte nie aus dem Haus gedurft. Danny gefiel das gar nicht und er gewöhnte ihn langsam nach draußen. Als Momo das erste mal hinaus ging setzte er sich zuerst hin und bestaunte die Gräser und Blumen die sich leise im Wind bewegten. Nach einer Weile hüpfte er wie ein junges Böcklein hin und her sauste plötzlich los um sich dann wie wild um sich selbst zu drehen. Es war ein Bild für Götter und ich lachte weil es so lustig aus sah. Jetzt hatte ich ihn beleidigt, er drehte sich um und ging ins Haus.

Irgendwann fing er an Mäuse zu fangen und sie ins Haus zu bringen, er legte sie mir vor die Füße und ging erst dann wieder, wenn ich ihm über den Kopf streichelte und lobte. Nur eine Sache dauerte sehr lange, die Sache mit der Katzenkiste, er wollte sie weiter benutzen und nicht nach draußen gehen. Nach dem Essen brachte ich ihn hinaus und wartet das er sein Geschäft verrichtete, aber er tat es nicht, er kam

wieder rein und ging auf sein Kistchen.
Dann stellte Danny sein Kistchen vor
die Tür und er begriff was er tun sollte.

Kater Momo wusste auch wenn Danny
nach hause kam, wie er das machte
konnte ich nicht begreifen. Er setzte
sich ganz still hin und wartete, und ich
konnte sicher sein, kurz darauf kam
Danny ins Haus. Die Begrüßung dauerte immer einige Zeit und glich einem
Ritual. Zuerst sprang Momo zur Türe,
dann auf den Arm von Danny und zum
Schluss wenn Danny saß oder lag,
sprang Momo auf seinen Bauch und
schnurrte laut und schielte wie verrückt.

Mich streifte Momo nur mit einem
kurzen Blick, so als wolle er sagen:
"Ach, Du bist ja auch noch da!" Dafür
war er den ganzen Tag in meiner Nähe
oder im Garten, manchmal auch auf
dem Dach des kleinen Hauses. Gerne
spielte er mit dem Hund Rex, beide

tobten durch den Garten oder oben im Haus bis sie müde waren, dann schliefen sie nahe aneinander gekuschelt auf dem Sofa ein.

Nur wenn der Hund Rex den Kater Momo sauber putzen wollte und mit seiner Zunge über sein Fell schleckte dann wehrte sich der Kater und fauchte zornig. Wenn der Hund dann nicht aufhörte dann haute ihm der Kater die Krallen rein und Rex zog beleidigt von dannen.

Ansonsten mochten sich die beiden und teilten sich sogar ihr Futter, jeder fraß vom anderen, manchmal auch zusammen aus einer Schüssel. Einmal erwischten sie einen Igel der aus dem Hundenapf fraß und dabei laut schmatzte, Rex lief hin und schnappte nach ihm, aber der Igel war schneller und rollte sich zusammen. Rex spielte den Helden und nahm ihn in die Schnauze, ließ ihn aber schnell wieder fallen weil er lauter Stacheln um seine Schnauze hatte.

Der Kater saß da fauchte wie wild und plusterte sich auf, griff aber nicht an. Die zwei waren schon ein tolles Gespann und natürlich hatten sie oft nur Dummheiten im Kopf.

Eines Abends, es war einer von diesen wunderbaren Tagen wo man sich draußen aufhielt weil es so angenehm und luftig war, man das Rauschen des Meeres hören konnte und der Wind den Duft der wilden Lilien verteilte, saßen wir auf unserer Terrasse und und tranken ein Glas Wein.

Kater Momo lag im Schaukelstuhl und Rex der Hund spielte mit Steinen, eine Unart die wir gar nicht mochten, er liebte sie und warf sie immer wieder weg, dann holte er sie wieder um sie erneut zu werfen.

Dann warf er einen großen runden Stein mir direkt vor die Füße und ich sagte ihm er solle verschwinden und woanders Steine werfen. Er schaute mich an und wollte den Stein gerade ins Maul nehmen, als der Stein sich bewegte und Beine bekam.

Nun wurde auch Kater Momo wach und sauste auf den Stein zu, Hund Rex war schneller und kickte den Stein seitlich weg. Ich versuchte den Stein zu erwischen aber es gelang mir nicht. Hund und Kater lieferten sich ein regelrechtes Steine werfen Duell und erst Danny konnte dem Treiben ein Ende bereiten.

Danny ging dazwischen und nahm blitzschnell den Stein und ging ins Haus, vor der Türe drückten sich Hund und Kater die Nasen an der Fensterscheibe platt und stimmten ein wildes Miaue und Gebelle an.

Danny staunte nicht schlecht als der große Stein sich als Landschildkröte entpuppte und schnell weg laufen wollte. Die Schildkröte sah richtig fertig aus, kein Wunder bei der Werferei der beiden Tiere, die jetzt so richtig enttäuscht aussahen weil man ihnen das Spielzeug weg genommen hatte.

Danny brachte die Schildkröte zum hinteren Ausgang hinaus und setzte sie auf der großen Wiese hinter dem Zaun aus damit die zwei Steine Werfer sie nicht mehr plagen konnten. Hund Rex und Kater Momo bellten und miauten noch eine Weile und liefen am Zaun hin und her bis sie müde waren.

Wenn die beiden Tiere in ihren Körbchen schliefen sahen sie so unschuldig aus, das man gar nicht glauben konnte, welche Streiche sie ausheckten und auch durchführten, zum Beispiel die Sache mit dem Steak.

In den lauen Sommernächten lebten die Menschen mehr draußen wie drin und sie grillten, kochten und tranken ihren „Vino" der so fruchtig schmeckte das man ins träumen" kam. Nicht selten dauerte so eine Nacht bis in den frühen Morgen und die Kinder schliefen ein und manche Erwachsenen auch.

Das haben uns die Südländer voraus, sie können feiern und lachen und fröhlich sein, dazu sind wir viel zu hölzern, immer überlegen wir zuerst ob das „richtig" ist, oder ob wir das „dürfen", oder „was wohl die Anderen dazu sagen", und dabei stehen wir uns selber im Weg, schade......

In einer dieser warmen Nächte saßen wir beide draußen auf unserer Terrasse und freuten uns über den Duft der wilden Lilien, das ferne Rauschen des Meeres und den Geruch der Steaks und Würstchen die von fern zu uns drangen. Hund und Kater waren nicht zu sehen, das hätte uns stutzig machen sollen.

Unsere nächsten Nachbarn waren ein ganzes Stück weit weg und wir hörten nur ein leises Gemurmel und ab und zu Kinderlachen.

Dann sauste plötzlich der Kater um die Hausecke, dicht gefolgt vom Hund Rex, beide bremsten ab und warfen uns etwas vor die Füße. Beim näherem betrachten entpuppte sich das „Etwas" als Steak, ein großes noch dazu.

Sollten wir die Tiere jetzt loben oder schimpfen, das war die Frage? Lobten wir sie, würden sie das öfter machen, schimpften wir sie, würden sie hoffentlich damit aufhören. Also ließen wir ein lautes Donnerwetter auf sie herab und sie schlichen bedeppert von dannen. Ein Steak haben sie uns zum Glück nicht mehr gebracht.

Wir liebten das kleine Häuschen in dem wir wohnten und wollten es gerne noch weiter mieten, aber der Vermieter wollte plötzlich mehr Geld dafür und das gefiel uns nicht, also suchten wir uns ein neues Zuhause.

In Spanien wurde damals immer nur für elf Monate vermietet und dann die Miete wieder neu fest gelegt, also zogen wir öfter um. Schnell fanden wir ein hübsches Haus mit großem Garten das uns gut gefiel und sehr günstig war.

Damals brauchten wir keinen Umzugswagen weil wir alles in unseren VW Bus laden konnten. Wir mussten einige Male fahren aber das störte uns nicht, so konnten wir gleich alles in die richtigen Zimmer stellen und das einräumen ging leichter.

Am Schluss suchten wir unseren Kater und konnten in nirgends finden, wir fuhren los, luden im neuen Haus aus und wollten gerade wieder zurück zum alten Haus fahren, als wir unseren Kater entdeckten.

Er saß in einem der Zimmer und schaute aus dem Fenster, dann sprang er durch das Fenster und kam wieder zur Haustüre herein. So machte er es in jedem Zimmer, es schien so als ob er sich das neue Zu hause einprägen wollte. Irgendwo habe ich gelesen, dass Katzen ein fotografisches Gedächtnis haben und sich so alles genauestens einprägen.

Unser Hund lief einmal durch das Haus dann legte er sich auf unser Sofa und schlief ein. Wir stellten nur noch unser Bett auf und verschoben die anderen Arbeiten auf den nächsten Tag.

Geweckt wurden wir durch das Bellen unseres Hundes, er hatte eine Katze in unserem Garten entdeckt und das gefiel ihm nicht. Momo der Kater verhielt sich ruhig, nur an seinem Schwanz der aufgeregt hin und her ging und peitschende Geräusche verursachte, bemerkte man das er sehr aufgebracht war. Dann sprang die andere fremde Katze über den Zaun und Ruhe kehrte ein.

Die fremde Katze kam noch öfter und jedes mal machten Hund und Kater so einen Krach. Irgendwann sah ich unseren Kater und den Hund außerhalb unseres Hauses diese Katze jagen, aber sie war schneller und entwischte ihnen wieder.

Unser neues Haus machte uns viel Freude besonders der Garten, da konnten wir Zitronen und Orangen ernten und das gleich zweimal im Jahr. Noch nie zuvor hatte ich gleichzeitig Blüten und Früchte an einem Baum gesehen, und dazu noch der wundervolle Duft, ich konnte es gar nicht glauben wie hier alles blühte und wuchs.

Spanien ist ein wundervolles Land und die Natur sollte noch viele Jahre so erhalten bleiben und nicht so zu gebaut und vermarktet werden wie anderswo. Und die Blumen dufteten nirgendwo so wundervoll wie hier in Spanien, wer einmal hier gelebt hat den zieht es immer wieder hier her und wer kann der bleibt für immer.

Hier gibt es alles was das Herz begehrt, Berge und flaches Land, Natur pur, Menschen mit viel Herz, aber auch Neider wie überall. Viele bekannte Künstler bereisten das Land und verweilten, andere fanden hier ihre neue Heimat.

Wer ohne Trubel und in Ruhe leben will, der kann es hier tun, er kann die Seele baumeln lassen und das Land erkunden. Es gibt lange Sandstrände, die Mandelblüte, Orangenhaine, kleine gemütliche Kneipen, den Königspalast, auch Discos und Tanzlokale, sogar ein Spielkasino, alles was das Herz begehrt. Nicht zu vergessen die Blumen und Bäume, der Gummibaum der bei uns im Topf wächst ist dort ein richtiger kleiner Baum, es ist kaum zu glauben.

Vieles haben wir erlebt und oft denken wir daran wenn wir die vielen Bilder von Spanien anschauen, manchmal schleicht sich ein wenig Wehmut in unser Herz und wir würden am liebsten in den nächsten Flieger steigen und der Sonne entgegen fliegen, aber alles kann der Mensch nicht haben.

Heute wollten wir zu Mira auf die Finca gehen und ihren „Hund" besichtigen, ja, nicht irgendeinen Hund, sondern einen ganz besonderen „Wachhund". Ihr werdet staunen meinte sie und lächelte verschmitzt.

Was eine Finca ist wussten wir, bei uns würde man Bauernhof oder Landgut sagen.

Viel Land, ein Haus oder zwei, Gemüse, Ostbäume und Tiere. Es dauerte eine Weile bis wir die Finca fanden, ohne die Zeichnung von Mira wären wir sicher nicht dort angekommen.

Rings herum ein hoher Zaun und ein stabiles Eisentor sahen nicht gerade einladend aus. Lautes Gelächter drang zu uns, es duftete nach gegrilltem und schon waren wir entdeckt worden. Mira kam auf uns zu und hinter ihr ein schwarzes Hängebauchschwein mit einem kleinen Hund. Sie begrüßte uns und öffnete das schwere Tor um uns herein zu lassen, dicht gefolgt von Schwein und Hund.

Der kleine Hund bellte wie verrückt, das Schwein machte gar nichts, ich wollte es schon streicheln weil es so lieb aussah wie es so vor mir hockte. „Nicht" sagte Mira, er beißt manchmal mein Pepito.

Ich konnte es nicht glauben, dass so ein liebes Schwein beißen würde, aber ich glaubte Mira und streichelte dafür den kleinen Hund, der sich darüber freute und mich ableckte. „Dein Wachhund ist aber ziemlich klein", sagte ich zu Mira, den habe ich mir viel größer vorgestellt.

Also ich finde Pepito schon groß, meinte Mira und lachte als ich sie komisch anschaute. Woher konnte ich wissen das Pepito das schwarze Hängebauchschwein ihr Wachhund war und was für einer, da kam keiner auf das Grundstück wenn Pepito auf ihn zuraste und grunzende Geräusche von sich gab, das schreckte jeden ab. Nur den kleine Hund er hieß Pele, duldete Pepito neben und um sich.

An diesem Tag saßen wir lange zusammen und genossen die Gastfreundschaft unserer spanischen Freunde. Das gegrillte Fleisch vom Grill, die leckeren Salate, dazu noch der vollmundige fruchtige Rotwein, wurde nur noch von der Sahnetorte und dem Champagner übertroffen. Wir fühlten uns so wohl wie schon lange nicht mehr.

Und obwohl unsere Gastgeber, die Eltern von Mira kein deutsch konnten und wir nur ein wenig spanisch, verstanden wir uns alle gut und am frühen Morgen tanzten wir zusammen unter dem Sternenhimmel Spaniens, der an diesem Abend besonders schön aussah.

Mira erzählte uns auch die Geschichte von ihrem Pepito die mal ganz traurig angefangen hatte. Pepito war von seiner Mutter nicht angenommen worden und Mira hatte von seinem Schicksal erfahren und sich ganz spontan entschlossen, den Kleinen bei sich auf zu nehmen. Zuerst legte er sich nur hin und trauerte, wollte nicht fressen, nur trinken.

Aber Mira gab nicht auf, immer wieder versuchte sie es, redete mit dem kleinen schwarzen Hängebauchschwein, streichelte seinen kleinen Körper und eines Tages begann der Kleine zaghaft zu fressen. Sein Appetit entwickelte sich und der Kleine auch, bald war er ein großer ausgewachsener Eber.

Er hörte auf den Namen „Pepito" den Mira für ihn ausgesucht hatte, und er folgte ihr auf Schritt und Tritt. Als der kleine Pele auf die Finca kam, weil seine Mutter gestorben war, kümmerte sich Pepito ganz rührend um das kleine Hundebaby, er trug Pele herum und der Kleine durfte aus seinem Napf fressen und bei ihm im Stall schlafen. Die Zwei sah man immer zusammen und meist in der Nähe von Mira, die sich darüber besonders freute über ihre zwei „Männer" wie sie die beiden liebevoll nannte.

Natürlich gab es auf der Finca von Mira noch andere Tiere, am besten gefielen mir die Enten, so bunte Tiere gab es bei uns nicht. Ich wollte unbedingt welche haben und nervte Mira mir welche zu verkaufen.

Also wartete ich geduldig auf mein Entenpärchen, inzwischen richtete Danny den Stall für die beiden und besorgte eine große Wanne damit die Tiere auch schwimmen konnten.

Endlich war es soweit, Mira brachte das Entenpaar, ich habe selten so ein schönes Paar gesehen, die bunten Federn schillerten in vielen Farben, die Schnäbel in einem dunklen orange. Und sie schnatterten, dass es eine Freude war, oft saß ich im hinteren

Teil des Gartens vor dem Entenstall und sah ihnen zu.

Wenn es regnete konnten die Enten in einen Anbau hinter dem Stall damit sie nicht nass wurden. Und weil unser Garten eingezäunt und mit einer hohen Mauer versehen, zusätzlich ein abschließbares Gartentor hatte, durfte unser Entenpärchen auch ihren Stall erlassen und im Garten herum laufen.

Das liebten die zwei besonders und nicht selten kamen sie zu uns auf die Terrasse um uns Gesellschaft zu leisten. Da saßen wir alle, Danny und ich, der Hund Rex, der Kater Momo und die beiden Enten, Paul und Paulinchen, eine Familienidylle die nur gelegentlich durch das Geschnatter von dem Entenpaar unterbrochen wurde.

In Deutschland wäre das alles undenkbar gewesen, die Leute hätten uns einen Vogel gezeigt, hier in Spanien dachte sich kein Mensch etwas dabei, wenn Mensch und Tier zusammen saßen. Schön das wir all das erleben und uns darüber freuen durften, und schade das es bei uns nicht möglich war, so locker zu leben. Im Süden so meine ich leben die Menschen nach ihrem Gusto und das ist großartig und nachahmenswert, und erfreut Herz und Seele.

Verrückt war nur, dass die meisten unserer spanischen Freunde unbedingt nach Germania wollten, weil dort alles „so schön war". Das konnten wir nicht nach voll ziehen und versuchten es auch unseren Freunden zu vermitteln, leider ohne Erfolg.

Wahrscheinlich liegt es einfach daran, das man das was man gerade hat nicht so besonders schätzt und immer das möchte, dass man nicht bekommen kann. Der Mensch ist schon ein komischer Kauz und nie so ganz zufrieden,

dabei könnte das Leben so schön sein,
wenn man es so annehmen würde, wie
es gerade war.

Wir erlebten viele schöne Jahre in
Spanien und waren sehr traurig als wir
wieder nach Deutschland mussten. Eigentlich hatten wir geplant für immer
in Spanien zu bleiben, aber es kam
ganz anders als wir gedacht hatten.

Unser Farbenladen schnurrte, der
Malerbetrieb lief gut und wir standen
jeden Abend in unserer Kneipe, klar,
das es einfach zuviel für Danny war
und er eines Tages zusammen brach.
Herzinfarkt, ein Schock, den wir zuerst
einmal weg stecken mussten. Zum
Glück gab es in Spanien in fast jedem
Ort ein kleines Ärztecenter und meist
einen Rettungswagen. Die junge Ärz-
tin handelte sehr schnell und in kurzer
Zeit war Danny in Palma im Krankenhaus und wurde bestens versorgt.

Ich hatte vor lauter Angst laut geschrieen und die Ärzte im Ärztecenter beschimpft, die hatten die Polizei geholt und mich in ein Polizeiauto gesteckt, aus dem ich alleine nicht heraus kam. Zum Glück war ein Penner im Ärztecenter gewesen der mich um ein paar Peseten angebettelte, und dem ich sie auch gegeben hatte. Dieser Penner machte mir die Autotüre auf und ich lief schnell nach hause.

Ich war so froh, dass zu dieser Zeit meine Tochter mit ihrem Mann bei uns Urlaub machte und ich nicht ganz alleine mit meinen Sorgen um Danny da stand. Noch am gleichen Abend konnten wir Danny besuchen und uns davon überzeugen, dass es ihm schon wieder ganz gut ging.

Das war ein Schock gewesen der uns alle tief bewegte und uns noch lange Zeit nicht los gelassen hat. Sieht man wie schnell so etwas geht und kann die

Angst die einen regelrecht den Hals zu schnürt nicht vergessen, sie ist noch jahrelang zugegen. Mein Danny erholte sich sehr schnell, und wollte gleich wieder los legen und da weiter machen wo er aufgehört hatte, doch das ging einfach nicht.

Seine Kraft war schwächer geworden und er wollte es nicht glauben und versuchte es immer wieder. So ganz langsam begriff er, dass er mit seiner Kraft mehr haushalten musste und das machte ihn manchmal sehr wütend.

Seine Kunden blieben ihm treu, aber er konnte einfach nicht mehr so zupacken wie vorher und deswegen suchte er nach einem weiteren Standbein das er auch fand. Zu dieser Zeit war sein Sohn in Spanien und wollte bei uns bleiben und auch hier arbeiten. Die beiden Männer meinten ein Umzugsunternehmen sei ein echt tolles und lukratives Geschäft.

Also suchte Danny einen Möbelwagen
den er auch recht schnell fand. Ja, dann
eines Abends kam Danny so gegen elf
Uhr nachts nachhause und sagte ich
solle mal schnell nach draußen kommen, er wolle mir etwas zeigen.

Ich lief hinaus und da stand er, der
Möbelwagen, ein riesiges gelbes Auto.
Mir fehlten die Worte und ich stand
nur da und sagte gar nichts. Dann
meinte Danny wir könnten ja eine
Runde fahren und das taten wir dann
auch. Ehrlich gesagt, ich war begeistert

so ein Möbelwagen der hat schon was.
Man sieht alles viel besser weil man
alles von oben sieht und man fühlt sich
einfach sicher und geborgen in so einem Wagen.

Einige Tage später kam der erste Kun-
de, in Spanien sprach sich alles schnell
herum. Und der Sohn von Danny pack-
te fest mit an, Danny fuhr das Auto

und zwei Jungs halfen auch noch beim Umzug. Dann folgten weitere Aufträge, aber Dannys Sohn war plötzlich nicht mehr so begeistert und wollte kein Möbelträger mehr sein.

Nun hatten wir einen schönen gelben Möbelwagen aber niemand wollte mehr die Möbel schleppen. Mein Danny verkaufte den Möbelwagen wieder und der Sohn von Danny fuhr wieder nach hause zu seiner Mutter.

Jetzt waren wir wieder alleine und hatten etwas dazu gelernt, aber einen Versuch war es schon wert gewesen, so meinte Danny und er hatte wieder mal recht gehabt. Wir hatten es probiert und das war gut so gewesen.

Eine Kneipe hatten wir ja schon und sie lief ganz gut, aber es konnte ganz schön stressig sein wenn sie voll war. Wir hatten innen 50 Sitzplätze und auf der großen Terrasse auch noch. Am besten lief die selbst gemacht Sangria, nicht die billige aus den Papptüten, sondern die mit den frischen Früchten, dem fruchtigen Rotwein und dem Schuß Sekt, und anderen Sachen die nicht verraten werden.

Meist wurde die Sangria in Glas oder Tonkrügen serviert, entweder in ein oder zwei Liter Krügen, dazu gab es spanischen Schinken in hauchdünne Scheiben geschnitten und Melonenstücke, ein Genuss sagten unsere Gäste.

Aber natürlich hatten wir auch Biertrinker und die liebten unser Paulaner Weizenbier vom Fass, dazu eine deftige Wurstplatte oder Käsewürfel. Kleine Gerichte gab es auch und den fruchtig, spanischen Rotwein der nur in Spanien so gut schmeckt. Bald hatten wir unsere Stammgäste die jedes Jahr wieder kamen. Und unsere Weihnachtsfeiern erfreuten unsere Gäste, ebenso Silvester, da feierten wir bis in den morgen, das lag sicher am Sekt, dem guten „Freixenet" der in Strömen floss. Und weil wir es alleine nicht schafften half uns unsere Maggy, eine liebe und treue Freundin die eine Boutique im Nachbarort hatte.

Ein ganz toller Helfer und Mann für alles war unser Heli, er konnte so richtig fest anpacken und war immer da wenn wir ihn brauchten. Viele Leute lernten wir in dieser Zeit kennen, dazu gehörte auch Harry, er arbeitete damals für die Zeitung und durch ihn kamen Danny und ich auch dazu. Nicht zu vergessen unser liebe Gisela und unsere Trudy die Herausgeberin und Geldgeberin.

Klaus möchte ich auch nicht vergessen, er war derjenige der die Computerarbeit machte, Harry hatte sehr viel Ahnung und war immer derjenige dem kein Fehler unterlief und der oft alles in letzter Minute regelte. Oft begann ein Wettlauf mit der Zeit und es fehlte ein Artikel oder Bilder und dann wurde es richtig hektisch und es herrschte lautes Geschrei und Durcheinander, aber zum Schluss war alles wieder in Ordnung und die Zeitung erschien pünktlich.

Diese Zeit die ich meine positive Zeit nenne liebte ich ganz besonders. Da konnte ich mich so richtig entfalten und schreiben. In dieser Zeit machte ich die Kinderseite, die Seite für die Frau, den Chefsessel, dort stellte ich Firmen vor, schrieb meine erste Tiergeschichte und hatte meine eigene Kolumne. Harry hatte immer viele Ideen die dann in die Tat umgesetzt wurden. Danny machte Fotos und holte Anzeigen rein, er machte das richtig gut.

Die Kolumne schrieb ich unter einem Männernamen, keiner wusste es, außer Harry und den Zeitungsleuten. Ich freute mich diebisch wenn die Leute über den Johannes redeten, so hieß ich damals, und wenn sie ihn lobten oder tadelten.

So frei wie damals in Mallorca konnte ich nie mehr schreiben, das lag sicher daran das wir Zeitungsleute so gut miteinander harmonierten. Zuhause in Deutschland bekam ich keinen Kontakt zu den Zeitungsmenschen, sie erschienen mir auch steif und kalt, zeigten wenig Interesse und hielten sich für bessere Menschen.

Schade diese Zeit vermisse ich sehr und natürlich auch die Menschen die damals so zusammen arbeiteten und sich gegenseitig halfen, das alles habe ich hier in Deutschland nicht gefunden. Hier kümmert sich keiner so richtig um seinen Mitmenschen, jeder lebt für sich und sogar die Familie macht sich wenig Sorgen um die Angehörigen.

Ganz besonders liebenswürdig sind die Spanier sie haben ein großes Herz und helfen wo es geht, einzigartig ist die Familie, sie halten zusammen wie Pech und Schwefel und teilen sich alles , keiner von der Familie leidet Not, immer ist irgend ein Mitglied da das hilft, bei uns funktioniert das nicht so gut.

Wenn ich an die alten Menschen denke dann fällt mir auf, das sie ganz besonders geehrt und nicht wie bei uns in Pflegeheime abgeschoben werden. Hier gibt es noch Respekt gegenüber den Eltern und Großeltern, eine Tugend die in Deutschland fast ausgestorben ist. Ja, es ist wahr, unsere Südländer haben einfach mehr Herz und das macht sie so liebenswert.

Und dann kam ein ganz schwarzer Tag, unsere Zeitung verlor ihre Geldgeber und das war das vorläufige aus, zumindest für eine Woche, da konnte unsere Zeitung nicht erscheinen. Unsere Herausgeberin hatte schon länger nach einem Geldgeber gesucht und keinen gefunden. Aber dann in letzter Minute klappte es doch noch, eine ganz tolle Frau finanzierte unsere Zeitung für mehrere Monate.

Wir freuten uns alle und hofften das wir es schaffen würden uns bald alleine zu finanzieren und ohne fremde Hilfe aus zu kommen. Aber wir packten es einfach nicht, nach mehreren Monaten kam dann das endgültige aus für unsere Zeitung.

Wir mussten es einsehen, unsere Zeitung konnte nicht mehr erscheinen, und selbst dann, wenn wir auf unseren Lohn verzichtet hätten, wären die Kosten für den Druck und die anderen Sachen einfach zu hoch gewesen. So ging ein schönes Kapitel das nun geschlossen werden musste und es ging uns allen ziemlich an die Nieren.

Aber wie es so ist, alles geht vorbei und wir konnten es nicht ändern. Neue Aufgaben warteten auf uns und die Zeitung war nun mal Vergangenheit, so weh es uns auch allen tat. In dieser Zeit machte ich mir schon Notizen für mein Buch und das lenkte mich ab. Allerdings dauerte es noch Jahre bis ich mein erstes Buch in Händen hielt.

Natürlich handelte es von Mallorca und der Buchtitel: "Wie Rex und Cimba unseren Traum von Mallorca erlebten", sagt das ja schon. Aber gehen wir wieder zurück und machen da weiter wo wir aufgehört haben, auf unserer schönen Insel Mallorca, die nach wie vor unsere Trauminsel ist und auch bleiben wird.

Viele Menschen haben wir hier kennen gelernt und einige davon wurden ganz liebe Freunde die wir nie vergessen werden. Klar gab es auch Menschen die wir lieber nicht gekannt hätten, weil sie einfach nur missgünstig und böse waren, aber es gibt nicht nur Gutes, es gibt auch Böses. Das Gute bleibt in Erinnerung und das Böse versucht man so gut es geht einfach zu vergessen.

Von unseren Freunden sind einige schon verstorben und andere haben die Insel verlassen. Und nun sitze ich hier an meinem zweiten Buch und erinnere mich an die schöne Zeit die ich hier erleben durfte.

Und dann kommen immer wieder so kleine Episoden die man schon fast vergessen hatte und plötzlich ist alles wieder ganz klar und so, als ob es erst gestern gewesen wäre. Wir hatten einen 20 Jahre alten VW Bus von einem Bekannten gekauft und der sollte zum TÜV, ja, das gibt es auch in Spanien.

Danny machte den Bus mit dem Hochdruckreiniger sauber und das natürlich gründlich. Danach sah der Bus fast wie neu aus, und nun stellte ihn Danny auf die Straße vor unserem Haus damit er gleich am Morgen zur Trafico so nennt sich der TÜV hier, fahren konnte, ohne mich auf zu wecken.

Alles schien okay zu sein und wir konnten beruhigt schlafen, so dachten wir. Aber daraus wurde nichts, irgendwann am frühen Morgen so gegen drei Uhr klingelte es an unserem Tor.

Schlaftrunken stieg Danny aus dem Bett schlurfte zum Tor und sah unseren hell erleuchteten Bus, aber damit noch nicht genug, der Bus hupte auch noch wie verrückt. Unser Nachbar sagte wir sollen den Krach abstellen, aber er lachte trotzdem noch und seine Frau und die Kinder auch.

Es sah ja zu komisch aus, ein Bus der die Lichter an und aus macht, eine Hupe die laut hupt und Scheibenwischer die hin und her pendelten. Mir fiel der Film mit dem Namen Herby ein, da ist es ein kleiner VW der das Gleiche tut. Danny entfernte die Sicherungen und schon stellte der Bus alles ein, er leuchtete nicht mehr und das Hupen verstummte.

Wir gingen zurück ins Haus um weiter zu schlafen. Mit dem TÜV wird es wohl nichts werden, meinte Danny, ich denke das hat sich erledigt. Trotzdem gab er die Sicherungen wieder rein und fuhr nach Palma. Ich wartete voller Ungeduld auf seine Rückkehr. Endlich nach Stunden fuhr der Bus in unsere Hofeinfahrt und Danny stieg aus.

Ich versuchte in seinem Gesicht zu lesen ob es mit dem TÜV geklappt hatte, er sah nicht so entspannt aus. Und, was ist, wollte ich wissen: "Ist er durch, hat er den Stempel?"

Jaaa, er hat ihn, sagte Danny, ich kann es selbst nicht glauben, aber er hat sich ganz brav verhalten, kein Blinken, kein Hupen, alles war perfekt. Und wir beide konnten nun die geplante Fahrt in die Berge machen und dort ganz oben in einem alten spanischen Gasthaus ein ganz besonderes Lamm genießen und einen Kaffee nach alter Rezeptur den so genannten „Gebrannten" trinken. Ein Kaffee der ganz wunderbar schmeckte und de auch einen mehr oder weniger großen „Schuss" Cognac enthielt.

Es war die alte Küstenstraße die wir hinauf gefahren sind, und ich habe selten so eine schöne und unberührte Landschaft gesehen. Manchmal waren die Straßen sehr schmal und die Kurven gefährlich, aber es hat sich gelohnt, das alles zu sehen. Die alte Küstenstraße ist etwas ganz besonderes und hier gibt es manch seltenen Strauch und Baum den ich noch nie gesehen habe. Es ist wie eine andere Welt, ein Stück Natur das sich einprägt und so schön ist, das es fast weh tut, es wieder verlassen zu müssen.

Herrlich fand ich auch, dass Danny vor jeder Kurve gehupt hat, so konnte der Entgegen Kommende rechtzeitig gewarnt werden. Denn zwei Autos waren zuviel für die oft engen Straßen. Eigenartigerweise ist ganz selten etwas passiert, aber ich fühlte mich total erleichtert als wir wieder unten waren.

Und am Abend wollte ich dann am Meer sitzen und mich so richtig entspannen, Berge schön und gut, aber Meer und Sand gefielen mir einfach noch besser.

Dazu der Sonnenuntergang und das Rauschen der Wellen, einfach wundervoll.

Ich konnte nicht verstehen, dass manche Urlauber nur den „Ballermann" kennen und lieben gelernt haben. Dort ist doch nicht das eigentliche Mallorca, da gibt es nur Menschen die sich zuschütten und das Abenteuer suchen.

Wieder zurück in Deutschland protzen sie dann, wie viel Sangria sie getrunken und wie viele Mädchen sie aufgerissen hatten, da kann ich nur den Kopf schütteln. Aber, jedem das Seine und wem es gefällt der soll es haben.

Schade diese Menschen wissen gar nicht, wie schön die Insel ist und was sie alles zu bieten hat. Hier gibt es alles, Berge und Täler die Mandelblüte ab Januar beginnt sie und die ganze Insel sieht aus, als wäre sie mit Puderzucker bestäubt, dazu noch der wundervolle süße Duft, ein Ereignis das keiner so schnell vergisst.

Danach duftet es Monate nach Orangen und Zitronen, und die Bäume tragen gleichzeitig Blüten und Früchte
die so süß sind und so saftig das man
sie nicht vergessen kann.

Wenig später blühten der Lavendel
und der Rosmarin, es ist einmalig.
Ganze Felder gibt es und getrocknet
und aufgehängt duften Lavendel und
Rosmarin noch lange in unseren
Schränken und vertreiben die Motten.

Noch ein wenig später blühen die Lilien in verschiedenen Farben, in weiß,
in gelb und in blau verströmen sie ihren feinen exotischen Duft und wiegen
sich leise im Wind, ein Bild das oft
zum Malen einlädt, genauso wie der
wilde Mohn der dort noch zu finden
ist.

Fast hätte ich die Kivis vergessen die
man auch überall findet und die Feigen. Bei einem Spaziergang über die

Insel findet man Beides und kann sie vom Baum pflücken. So frisch schmecken sie am besten und das ist ein ganz besonderer Genuss, den ich nur hier erleben konnte.

Viele Künstler waren schon auf der schönen Insel und einige haben hier gelebt, manche kurz, andere länger, und es kommen immer wieder neue Künstler dazu.

Es sind Maler, Musiker, Schriftsteller, Schauspieler und Andere die sich in diese Insel verlieben und dort für immer bleiben.

Es sind aber auch die ganz normalen Menschen die sich einen Platz dort suchen und feststellen wie schön die Insel ist. Es ist schon ein herrliches Fleckchen Erde und wer einmal da war, wird immer wieder kommen.

Was ich ganz besonders schätzte war die Herzlichkeit der Einwohner und ihre Gastfreundschaft, die habe ich selten so erlebt wie hier. Und ganz wichtig ist die Familie, das gibt es bei uns in Deutschland fast nicht mehr.

Die Familie hält zusammen wie Pech und Schwefel, einer hilft dem Anderen und wer mehr hat, gibt dem der weniger hat. Es sind manche Bräuche die mir gefallen haben und die uns gut tun würden.

Die alten Menschen haben es hier sehr gut, fast alle können ihren Lebensabend in der Familie verleben, nur wenige gehen ins Heim, oder eigentlich nur solche die es selber wollen, oder keine Angehörigen mehr haben.

Respekt vor dem Alter ist hier selbstverständlich und die Kinder sind gut zu ihren Eltern und besuchen sie so oft es möglich ist. Die Familie ist der

Punkt um den sich alles dreht und das ist einem heilig.

Sätze wie: "Ich hab heute keine Zeit", oder „Ich habe auch Familie" gibt es nicht, wenn die Eltern oder Großeltern etwas brauchen, dann ist die Familie einfach da und hilft. Wir wollen das zurück geben, was wir bekommen haben, so sagen die jüngeren und das tun sie auch. Ist das nicht eine schöne und heile Welt, und warum geht es dort und hier nicht, das frage ich mich manchmal. Wenn ich die traurigen Blicke unserer Senioren sehe, weil sie wieder einmal keiner besucht hat, dann verstehe ich diese unsere Welt nicht mehr.

Ja, ja, die Südländer sind halt so, werden einige von uns jetzt sagen, das war so und wird auch so bleiben. Ich meine, wir könnten lernen ein wenig so zu sein wie unsere Südländer. Was ist schon eine Stunde die man den alten

Menschen schenkt und sie glücklich macht?

Und ein Telefonanruf: "Hallo wie geht es dir?" zeigt dem Anderen das man an ihn denkt, ihn lieb hat, und er freut sich darüber. Warum nur schreit jeder das er im Stress ist und keine Zeit hat, das sind doch nur Ausreden und Wichtigtuerei.

Man hat immer ein wenig Zeit und die zu verschenken lohnt sich, es tut der Seele gut und dem Menschen dem wir sie schenken auch. Also nehmt euch ein wenig Zeit für eure Lieben, denn sie leben nicht ewig, und ihre strahlenden Augen werden es euch danken.

Kommen wir noch zum feiern, ich habe so herrliche Feste mit feiern dürfen und viele dieser Feste wurden draußen gefeiert. An eines erinnere ich mich noch sehr gut, es war am Strand und die Frauen und Mädchen hatten wunderschöne Kleider an, die Herren eine Art Tracht, es sah toll aus. Und sie tanzten bis in den Morgen und wurden nicht müde. Sogar die ganz kleinen sangen und tanzten mit einer solchen Anmut und Grazie, so etwas hatte ich noch nie vorher gesehen.

Und was das Schönste an solchen Festen war, es gab keinen Streit und keine Schlägerei alles blieb friedlich, obwohl reichlich getrunken wurde. Am frühen Morgen gingen alle zufrieden nach hause. Spät am Nachmittag kamen viele Helfer und räumten alles wieder fein säuberlich auf, nahmen den Müll mit und rechten den Sand damit alles wieder schön aussah.

Viele solcher Feste haben wir mit gefeiert und immer waren wir willkommen und zu manchen Hochzeiten wurden wir eingeladen und immer wieder überraschte uns die Herzlichkeit mit der wir behandelt wurden.

Wenn ich so darüber nach denke wie viel Schönes wir erlebt hatten und mit welcher Herzlichkeit wir bedacht wurden, dann möchte ich am liebsten den nächsten Flieger buchen und ins Land meiner Träume entschweben.

Ein wenig davon ist auch in meinem ersten Büchlein: „Wie Rex und Cimba unseren Traum von Mallorca erlebten" zu finden, das 2008 im BOD Verlag erschienen ist.

Hier lasse ich den Kater Cimba und den Hund Rex erzählen und ehrlich gesagt, es ist auch mein Lieblings Buch.

Klar das es in Mallorca mehr schönes Wetter gibt als bei uns in Deutschland und die Lebensqualität bedeutend besser ist, aber man muss hier auch viel mehr arbeiten als zu hause, das sehen die meisten Auswanderer nicht. Viele die mit uns auf die Insel gekommen waren, haben sie schon nach kurzer Zeit wieder verlassen.

Entweder war das Geld alle, oder sie kamen im fremden Land einfach nicht klar, in manchen Fällen konnten sie nicht arbeiten weil sie zu viel gefeiert haben.

Die Spanier selber sind sehr fleißig und haben meist mehrere Jobs. Viele haben Eigentum, das gehört einfach dazu. Weil es viele Pensionen und Hotels gibt sind viele Menschen dort tätig und oft ist ein acht Stunden Tag nicht möglich und es werden 10 und mehr Stunden gearbeitet.

Wir haben meist 12 und mehr Stunden täglich gearbeitet und es hat Spaß gemacht, obwohl die Hitze an manchen Tagen recht hinderlich gewesen und uns sehr zu schaffen gemacht hat. Oft konnte man nachts nicht schlafen weil es immer noch so schwül war. Zum

Glück hatten wir einen großen Garten und eine schöne Terrasse dort wehte immer ein leichter Wind und erfrischte uns ein klein wenig.

In einer dieser schwül warmen Nächte konnten wir gar nicht schlafen. Es muss wohl gegen Morgen gewesen sein als wir so eigenartige Geräusche hörten und nicht wussten was es war.

Und dann sahen wir sie, zuerst trauten wir unseren Augen nicht, überall saßen Heuschrecken.

Und es waren nicht die Kleinen die wir kannten, nein, die hier sahen viel größer aus. Und die saßen auf Büschen und Bäumen und fraßen und fraßen. Das Geräusch das sie beim fressen machten hörte sich ekelhaft an. Eine Art Schmatz Geräusch das von einem Knirsch Geräusch durchzogen wurde und sich echt widerlich anhörte. Hätte gut in einen Horrorfilm gepasst.

Und dazu kam noch das Flug Geräusch, die Heuschrecken schwirrten nur so um uns herum und suchten nach einem Landeplatz. Die Luft surrte und summte und es hörte nicht auf, immer mehr kamen.

Ich rannte ins Haus und schloss die Türe. Einige von den Viechern hatten sich auch im Inneren des Hauses niedergelassen, ich verscheuchte sie mit dem Besen. Rex unser Hund jagte sie und bellte und knurrte, der Kater versuchte sie zu fressen, ich hoffte nur das diese Ekeldinger mich nicht als Opfer aussuchten.

Und dann hatte sich so ein Tier auf meinen Mann gesetzt, der meinte ich solle es von ihm entfernen, aber das konnte ich nicht, ich lief schreiend davon und er befreite sich selbst von dem Vieh.

Noch einige Stunden dauerte dieses Spektakel und die Geräusch Kulisse verebbte so abrupt wie sie begonnen hatte. Die plötzliche Stille mutete gespenstisch an, und dann als wir vorsichtig die Türe öffneten und die kahlen Büsche und Bäume sahen fühlten wir uns gar nicht so gut.

Wir machten sogar einige Fotos um sie unseren Kindern zu zeigen. Diese Heuschrecken seien aus Afrika gekommen hieß es später und zum Glück nicht lange geblieben. Tagelang hatte ich noch diese grässlichen Schmatz- und Fressgeräusche im Ohr und sah diese fresssüchtigen Heuschrecken überall sitzen. Sogar nachts schlichen sie sich in meine Träume und ich wachte schreiend und schweißgebadet auf. Zum Glück habe ich es nur zweimal in all den Jahren erlebt, aber das genügte mir schon.

Wer jetzt glaubt das Heuschrecken die einzigen Tiere sind die Unbehagen verbreiten weil sie alles ratzekahl fressen, der hat noch keine Kakerlaken erlebt. Ich höre schon das Gemurmel hinter der vorgehaltenen Hand „igitt igitt", was hat die denn für einen Haushalt.

In Deutschland wäre dem so, mit nicht putzen etc, aber nicht im sonnigen Süden, da gibt es diese Tierchen öfter. Zuerst habe ich sie gar nicht bemerkt, denn die sind besonders schlau, sie kommen nur nachts zum Vorschein.

Ich habe einen Hund und einen Kater und eines Nachts hörte ich so ein komisches „knacken" das ich nicht zuordnen konnte. Ich stand auf und sah wie mein Kater versuchte einen Käfer zu zerbeißen, dabei schien er Schwierigkeiten zu haben und dann lief der Käfer davon.

Der Käfer sah so eigenartig aus, er hatte lange Fühler und er rannte sehr schnell, es schien ein ganz besonderer Käfer zu sein. Und da waren plötzlich noch mehr solcher Käfer die sich blitzschnell in alle Ritzen verkrochen. Ich hatte diese Käfer noch nie gesehen und fragte mein Nachbarin eine Engländerin ob sie solche Käfer auch habe.

Oh ja, meinte sie, das sind doch nur Caccarajas, die sind harmlos, sie fressen nur was sie finden sogar Papier, und am Tage kommen sie nicht heraus nur in der Nacht. Und wie vernichte ich sie, wollte ich wissen? Ja, das ist fast unmöglich sagte sie, die überleben fast alles, es gibt eigentlich nur Fallen, aber das riechen die irgendwie und selten hat man Erfolg sie zu fangen.

Das hörte sich nicht gut an, ich wollte nicht mit Kakerlaken leben und es tröstete mich nicht, das sie nur nachts raus kamen, ich wollte sie los werden und das so schnell wie möglich. Sie verfolgten mich in meinen Träumen, überall sah ich sie und allein der Gedanke, dass sie nachts über mein Bett laufen konnte, erfüllte mich mit Panik.

Es klingt verrückt, ich sah diese Tiere nicht, aber ich meinte sie zu hören, dann sprang ich aus dem Bett und tatsächlich, da liefen wieder ein paar von diesen Viechern, dieser Spuk musste beendet werden.

Ich kaufte diese Fallen, der Erfolg war gleich null, mein Kater wollte sie gerne fressen, aber er knackte deren Panzer nicht. Blieb nur noch der Hund, der war einfach zu langsam, das ärgerte ihn so, das er bellte wie verrückt wenn er die Kakerlaken wieder einmal nicht erwischte.

Ich lieh mir von einer Bekannten einen kleinen „Rattinero" aus, das ist ein ganz kleiner Hund der Mäuse, Ratten und andere Kleintiere fängt. Der Kleine war flink wie ein Wiesel und er bellte so viel, dass er sich sogar verschluckte, aber er fing nur eine Maus.

Das sah so lustig aus wie der Kleine rannte und bellte und sich verschluckte, und mir dann die Maus vor die Füße warf, das ich tatsächlich lachen musste. Das konnte doch nicht wahr sein, es musste doch ein Mittel geben, diesen Tieren den Garaus zu machen.

Da kam mir der Zufall zur Hilfe, ich traf Susi eine Reiseleiterin die gerade aus Mexico zurück gekommen war und erzählte ihr ganz aufgeregt von meinen Mitbewohnern. Ach, das ist doch ganz einfach sagte sie, Du musst sie nur betrunken machen, dann hast Du Deine Ruhe. Stell einfach eine flache Schale mit Bier hin und schon sind sie weg.

Zuerst glaubte ich es nicht, dann tat ich es und wartete einfach was passieren würde. Am nächsten Morgen schaute ich nach und sah einige Kakerlaken in der Schüssel liegen. Die hatten sich doch wirklich tot gesoffen, ich war happy, endlich ein Mittel für meine ungebetenen Gäste, nun konnte ich wieder schlafen ohne an diese Tiere zu denken. Ich muss nur immer grinsen wenn die Feriengäste voller Inbrunst „La Cuccaraja" sangen, ohne zu wissen was es bedeutet.

Kommen wir nun zu einer Tierart die sich gerne im heißen Sommer überall zu finden ist und sich klamm heimlich in Honiggläsern, Marmeladengläsern oder im Zucker breit macht und sich nicht scheut in den Kuchen zu kriechen um sich dort zu laben.

Es ist die rote und die schwarze Ameise, ein wenig größer als unsere Ameisen, sie sind schnell und sie beißen auch noch, das tut sogar weh. Diese Tierchen kommen in richtigen Straßenzügen und sind ganz schlecht zu vertreiben.

Sie kommen immer wieder wenn sie irgendwo etwas Süßes riechen und sie kriechen durch Ritzen die so klein sind das man es nicht für möglich hält, wie sie da wieder heraus kommen.

Alles Mögliche habe ich probiert und nichts hat geholfen, bis ich den „Ameisenhonig" gefunden habe. Ich gab einen Tropfen davon auf die befallene Stelle und sie waren mausetot. Ich bin kein gemeiner Mensch und ich wollte sie nicht umbringen, aber ich hatte keine andere Wahl.

Jetzt aber genug von den ungebeten Mitbewohnern die eine auf die Nerven gehen und einen ärgern, sonst träumt ihr noch von Kakerlaken, Heuschrecken und Ameisen.

Es gibt noch andere nette Tiere die mit uns im Haus wohnen und lieb sind, die kleinen Eidechsen die sich so verstecken, dass man sie fast nicht sieht. Ich machte die Bekanntschaft durch einen Zufall, als ich ein Bild gerade rücken wollte, lief eine kleine niedliche Eidechse hinter dem Bild hervor. Mein Hund sprang immer hoch wenn er eine sah und wollte sie fangen, es gelang ihm aber nicht. In Mallorca gibt es sogar eine kleine Insel, da stehen sie unter Naturschutz, sie sollen Glück bringen sagt der Spanier.

Glück hatten wir wirklich in Spanien, wenn ich so darüber nach denke wie alles damals angefangen hat, dann war es eine echte Glückssträhne für uns beide gewesen und sie dauerte an.

Zuerst war ich auf die Insel gekommen mit einer Freundin und zwei Freunden, ja, und wir hatten beschlossen immer zusammen zu bleiben und alles miteinander zu bewältigen.

Zuerst einmal mussten wir uns alle eine Bleibe suchen, das schafften wir ganz schnell durch einen befreundeten Makler, er hatte eine große Dachterassenwohnung in der wir alle Platz hatten. Nur meine Freundin zog schon in ihr eigenes Haus.

Meine beiden Freunde hatten einen Hund und ich einen Kater, die zwei konnten sich nicht gerade gut leiden und jedes mal wenn sie aufeinander trafen, gab es ein Gefauche und ein Bellerei die uns natürlich mit der Zeit nervte.

Wir versuchten zwar immer wieder die zwei getrennt zu halten, aber das erwies sich doch als schwierig. Manchmal spazierte der Kater auf der kleinen Mauer der Dachterrasse herum und der Hund bellte wie ein Verrückter, schob dann so lange an der Schiebetüre bis er sich durch quetschen konnte.

Uns blieb buchstäblich fast die Luft weg, wenn die Zwei auf einander trafen und wir hatten echt Angst das einer von den Beiden herunter fallen könnte. Schließlich waren es acht Stockwerke.

Aber das war nicht alles, in dem Hochhaus wohnten mehrere Parteien, neben und unter uns und die beschwerten sich natürlich über den Krach den Hund und Kater machten. Zum Glück konnten wir nach vier Wochen umziehen, jeder in sein Haus und der Spuk war vorbei.

Unsere beiden Freunde hatten ein hübsches Haus mit einem kleinen Garten gefunden und wollten so schnell wie möglich zu arbeiten anfangen. Ihnen schwebte eine nette Kneipe vor in der wir alle zusammen unser Geld verdienen konnten.

Meine Freundin wollte einen Handarbeitsladen aufmachen und ich sollte mitmachen, das gefiel mir nicht, ich hatte nicht vor bei irgend jemanden zu helfen, ich wollte in Ruhe in meinem Haus leben, einfach nur ausruhen und Bücher schreiben.

Lange genug dauerte die Haussuche bis ich endlich mein Haus gefunden hatte. Es lag oben auf einem Berg und ich konnte von dort in das kleine Städtchen schauen und ein Zipfelchen vom Meer sehen.

Gleich ein Stückchen hinter meinem Haus begann ein Wald der zum spazieren gehen einlud und in dem ich viele Pinienzapfen für meinen Kamin sammelte. Sie dufteten zusammen mit einigen Zweigen Rosmarin der auch hier in kleinen Büschen zu finden war.

Nach dem Wald blühte der wilde Lavendel in voller Pracht und erfüllte die

Luft mit seinem starken Duft. Es gab sogar wilden Thymian und wilden Knoblauch, und ich liebte es mit meinem Kater durch den Wald zu streifen.

Als erstes richtete ich mein Haus ein, die Möbel kamen mit dem Umzugswagen aus Deutschland. Ein Maler strich die Zimmer in gelb, rosa, hellblau und orange, ich putzte bis alles glänzte.

Dann als die Möbel angekommen waren, möblierte ich das Appartement neben der Garage und suchte einen Mieter, den ich schnell fand. Nun hatte ich eine kleine Einnahme, das beruhigte mich. Das Haus bezahlte ich bar und außer Strom und Telefon fielen keine Nebenkosten an. Von der Miete konnte ich leben, alles schien perfekt, so dachte ich damals, leider kam es anders.

Nun besaßen alle ein eigenes Haus und die lagen nicht weit von einander ent-

fernt, aber irgendwie gefiel es uns
doch nicht so wie es war. Vielleicht
wäre es besser gewesen alle drei Häuser in der gleichen Stadt zu kaufen.

Wir sahen uns einmal die Woche und
telefonierten auch zusammen, und
doch fühlten wir uns nicht mehr so
miteinander verbunden wie früher, das
fand ich schade.

Dann kam noch die Sache mit der Arbeit dazu, jeder wollte sein eigenes
Ding machen und das fing an stressig
zu werden. Unsere beiden Freunde
suchten eine kleine Kneipe, blieben
dann bei einem Imbißstand der ganz
gut geeignet schien hängen.

Unsere Freundin zickte rum weil ich
bei ihrer Idee einen Handarbeitsladen
zu machen, nicht einsteigen wollte.
Meine Einwände akzeptierte sie nicht,
und ich scheute mich davor fast mein

ganzes Geld in so ein Geschäft zu stecken.

Unsere Freunde meinten sie verstünden nicht, warum ich mich so bockig anstelle, sie hätten fest mit meiner Hilfe gerechnet und wer jetzt den Kartoffelsalat und die übrigen Sachen machen solle.

So schob man mir von allen Seiten den Schwarzen Peter zu. Ich zog mich von beiden Freunden zurück und wartete erst einmal ab. Ganz langsam klärte sich alles auf, die dunklen Wolken verzogen sich und irgendwann tranken wir alle zusammen einen Kaffee und verzehrten den leckeren Kuchen den unsere Freundin für uns gebacken hatte. Nach einigen Gläsern Wein konnten erneuerten wir unsere Freundschaft und beschlossen uns gegenseitig zu helfen wann immer es nötig sein sollte.

Der Imbiss lief gut und unsere Freunde freuten sich über ihr Geschäft. Der Handarbeitsladen blieb ein Traum von unserer Freundin, alleine wollte sie den Laden nicht, weil sie nur noch vier Stunden am Tag arbeiten konnte, und das rentierte sich sicherlich nicht, also kein Geschäft mehr. Verziehen hat sie mir das nie, aber damit konnte ich leben.

Mit der Zeit lernten wir nette Menschen kennen und knüpften auch neue Freundschaften, darunter ein Ehepaar aus dem Osten. Sie betrieben einen Einrichtungsladen mit Stoffen und Dekorationsartikeln.

Hella und Freder arbeiteten viel und das Geschäft ging recht gut. Am besten gefielen mir die wundervollen mallorqinischen Vorhangstoffe aus Leinen.

Hella schenkte mir oft Stoffreste und alte Musterstoffbücher, die verarbeitete ich zu Bett und Sofadecken. Zugegeben es steckte eine Menge Arbeit drin, weil die Stoffreste erst in gleichmäßige Vierecke geschnitten und dann zusammen genäht wurden, aber sie sahen wundervoll aus.

Sogar Bordüren und Spitzen gab es in diesem Laden und so manche Tischdecke peppte ich damit auf. Ob die Beiden noch auf der Insel sind, keine Ahnung, aber einige Decken und Tischdecken habe ich noch immer.

Leider keine Vorhänge mehr, um die tut es mir leid, diese farbenfrohen Muster gibt es nur auf Mallorca.

Natürlich gibt es viele Künstler in Spanien, einer töpferte die schönsten Sachen die ich je gesehen hatte, ich besuchte ihn immer wenn ich in Palma einkaufte. In einer kleinen Bar lernte ich Inge kennen, sie machte Seidenmalerei und nähte mein Hochzeitskleid.

Dieses Kleid trage ich noch heute als Bluse und es ist immer noch so wunderschön wie damals, die Farben leuchten noch immer so kräftig wie damals.

Und eines weiß ich ganz genau, irgendwann einmal steige ich in den nächsten Flieger dann kaufe ich mir meine mallorqinischen Vorhänge, suche alle meine Freunde und feiere mit ihnen ein großes Fest. Ich gehe in mein Lieblingslokal in El Toro am Meer und später noch zu Mac Donalds am Meer und dann träume ich nicht mehr von Mallorca, dann erlebe ich Mallorca.

Und es kamen noch einige liebe Menschen dazu die gute Freunde wurden und uns auch in schwierigen Zeiten zu Seite standen, immer an uns glaubten und uns nie im Stich ließen.

Eine davon war Meisi, für mich eine Frau mit einem goldenen Herzen, sie hat so viel Gutes in ihrem Leben getan und immer geholfen wo es nötig war. Ich habe in meinem Leben nie mehr so einen gläubigen und guten Menschen getroffen wie sie einer war.

Immer zur Stelle wenn Hilfe nötig war, stets ein liebes tröstendes Wort, wenn sie kam war es so, als würde die Sonne aufgehen und ihre hellen Strahlen sich wärmend um schützend um einen legten.

So wie sie habe ich mir immer eine Mutter gewünscht, leider hat sich dieser Wunsch nie erfüllt. Vielleicht ist es gut so das nicht alle Wünsche in Erfüllung gehen, sonst wäre es vermutlich viel zu langweilig auf der Welt.

Rückblickend stelle ich fest, dass all die Jahre in Mallorca sehr schön waren und wir trotz der vielen Arbeit mehr Lebensqualität erlebten. Ob es an den Menschen, der Sonne, oder an beiden lag, das weiß ich nicht. Nur eines kann ich sicher sagen, es waren die schönsten Jahre in meinem Leben.

Klingt fast ein wenig wehmütig und traurig, ist es auch, aber wenn man in die Jahre kommt und in Rente geht, dann steht einem der Sinn nach der Heimat und nach ein wenig Sicherheit und das ist nun einmal im Geburtsland.

Nun will ich aber wieder weiter erzählen und euch nicht wehmütig werden lassen. Es gibt noch so einiges zu berichten von der sonnigen Insel Mallorca und ihren Einwohnern die einfach bezaubernd sind.

Begonnen hat alles vor vielen Jahren, und Mallorca wurde nicht in Betracht gezogen.

Damals stand mir der Sinn nach Australien, ich las alles was ich finden konnte, sah mich schon dort eine kleine Farm bewirtschaften und mit meinem Pferd durch die unendlichen Weiten dieses Landes streifen.

Das Land schien wie für mich gemacht zu sein und immer wenn ich die Bilder in den Büchern anschaute begeisterte mich das Land mehr und mehr. Bald träumte ich nur noch von diesem Land.

Dann lernte ich durch Zufall Leute kennen die viele Jahre dort gelebt und gearbeitet hatten. Sie erzählten mir wie schwierig es sei mit den Menschen dort und wie schwer man sich tat eine Arbeit zu finden.

Nur in der Selbständigkeit läge noch eine Chance, aber dazu benötige man viel Geld, außerdem sei der Behördenkram sehr schwierig und kaum alleine zu bewältigen. Das alles zermürbe einen Menschen und die lange Zeit der Warterei auf die Genehmigungen, verbunden mit dem Nichtstun sei echt krass.

Dazu kämen noch die vielen Tiere an die man sich erst gewöhnen muss, wenn es einen überhaupt gelingt. Das sind unzählige Spinnenarten, einige sogar tödlich und natürlich viele Schlangen, genauso tödlich.

Und was soll ich sage, ganz schlagartig wollte ich nicht mehr nach Australien. Wenn es etwas gab wovor ich mich schüttelte, dann gehörten die Spinnen und Schlangen mit Sicherheit dazu.

So wurde mein Traum nicht wahr und ich suchte ein neues Land aber das zog sich noch einige Zeit hin und wie es das Schicksal so will, kam da das erste Mal der Name Mallorca ins Spiel. Der Name sagte mir gar nichts und interessierte mich auch nicht, später sagte mir eine Freundin, dass es eine Insel im Mittelmeer sei.

Ich hatte ein hartes Jahr hinter mir, viel Arbeit und dazu noch Ärger mit meinem damaligen Mann von dem ich mich gerade trennen wollte. Er sei akzeptiere eine Scheidung nicht, sagte er und ich wäre bescheuert.

Nachdem ich schon viele Jahre keinen Urlaub gehabt hatte, plante ich spontan einen Kurzurlaub. Unsere beiden Freunde wollten auf die Kanarischen Inseln, meine Freundin nach Mallorca.

Erst einmal beratschlagten wir was schöner wäre, natürlich kamen wir zu keinem Ergebnis, jeder wollte auf seine Insel, mir war es total egal, einfach nur weg, sagte ich und meinte, wir gehen jetzt ins Reisebüro und lassen uns beraten.

Das machten wir dann auch und kamen ganz schnell zu einem Ergebnis. Die Kanaren total ausgebucht, Mallorca noch einige Plätze frei. Okay, wir buchten drei Tage, und schon morgen sollte es los gehen.

Ich konnte die ganze Nacht nicht schlafen weil ich noch nie geflogen war und vor Angst schlotterte. Die anderen drei kannten das nicht weil sie schon oft geflogen waren, sie freuten sich riesig, ich wäre am liebsten zu hause geblieben.

Wir standen am Flughafen und dann endlich in der Maschine. Die Türe stand offen, ich überlegte ob ich doch noch aussteigen sollte, aber dann wollte ich es doch wissen. Zuerst fuhr die Maschine ein Stück, dann war sie auch schon in der Luft, immer höher stieg sie hinauf und ich rutschte immer tiefer in meinen Sitz, fühlte mich schrecklich, hätte am liebsten geheult, tat es natürlich nicht.

Die Stewardess fragte was ich trinken wolle, ich nahm einen Whisky und fühlte mich hinterher zwar leicht betrunken, aber irgendwie besser. Das lag vermutlich daran, dass ich sonst nur ganz selten Alkohol trank. Die Zeit kam mir ewig lang vor und ich hoffte nur, dass die Maschine bald landen würde.

Oh Gott, was ist los, die Maschine ging tiefer, mein Magen rutschte nach unten und wieder nach oben, ich bekam keine Luft und Schweißausbrüche, Himmel hilf, ich will endlich hier raus.

Dann ging alles sehr schnell, der Flieger setzt auf und wir hatten wieder festen Boden unter uns, alle klatschten und ich fühlte mich schon besser. Es dauerte noch einige Zeit bis wir endlich raus durften.

Dann sah ich das erste Mal die Windmühlen und den langen Strand von Palma de Mallorca und ich war hin und weg, so schön hatte ich mir das nicht vorgestellt. Und diese wundervolle Sonne, der leichte Wind und die Helligkeit, alles zusammen einfach ein Erlebnis.

Die Fahrt zu der kleinen Pension dauerte gerade mal eine halbe Stunde und wir waren am Ziel. Sauber und sehr hübsch eingerichtete Zimmer mit Bad oder Dusche und einem kleinen Balkon standen uns zur Verfügung.

Unten die Rezeption, ein kleiner Frühstücksraum mit Zugang zum Garten und ein Pool mit vielen Liegen zum ausruhen. Die Pension lag nur zwei Straßen vom Meer entfernt und von unseren Zimmern hörte man das Rauschen des Meeres.

Ich legte mich ein Stündchen aufs Ohr, dann ging ich zum Meer, barfuss lief ich durch den weißen Sandstrand und fühlte mich so wohl wie schon lange nicht mehr. Und weil es hier so schön war, setzte ich mich in den Sand, schaute den Wellen zu, atmete tief den Geruch des Meeres ein und träumte einfach vor mich hin.

Dabei muss ich eingeschlafen sein, denn plötzlich stand meine Freundin neben mir und sie sah richtig besorgt aus, fragte ob ich in Ordnung sei, und wie lange ich denn schon hier sitze. Darauf konnte ich ihr keine Antwort geben weil ich es selbst nicht sagen konnte.

Wie dem auch sei, Tatsache war, ich saß am Strand von Paquera in Mallorca in Spanien und fühlte mich super, nur das zählte. Vermutlich beschloss ich schon damals endgültig mein Domizil dort auf zu schlagen und für immer nach Spanien zu gehen.

Nur da wusste ich es noch nicht, und so flog ich noch viele Male zwischen

Deutschland und Spanien hin und her.
Suchte ein Haus für mich wo ich bis an
mein Lebensende bleiben konnte.

Schon verrückt, was man so alles plant
und wie es dann letztendlich wirklich
kommt.

Damals in den achtziger Jahren standen viele Häuser zum Verkauf und sie
waren recht günstig, im Gegensatz zu
heute.

Trotzdem musste alles gut überlegt
und durchdacht sein, gekauft war
schnell, dort im fremden Land leben
sicher nicht so einfach. Deswegen
suchten wir Kontakt zu Menschen die
schon einige Jahre in Spanien lebten
und arbeiteten.

Das hörte sich gut an, was sie so erzählten und wir fühlten uns immer sicherer das wir das auch tun wollten.
Das Leben in Spanien, genauer gesagt

in Mallorca zog uns immer mehr in seinen Bann und alles deutete darauf hin, dass wir auch bald in diesem wundervollen Land sein würden.

Und doch mussten wir noch viel tun bis es endlich so weit war und wir für immer, so glaubten wir damals, in Mallorca leben konnten. Wie ich eingangs schon erwähnte waren wir vier Menschen, meine Freundin und zwei Freunde die alle, außer mir, schon Auslandserfahrung gesammelt hatten und sich gut aus kannten.

Jetzt wo fest stand, dass wir alle zusammen nach Spanien auswandern wollten, sahen wir wie viel Arbeit noch auf uns zu kam. Die Häuser in Deutschland mussten verkauft werden und auch die Möbel wollten wir nicht alle mit nehmen. Dazu kam noch die Angst und die Ungewissheit ob es uns in unserem Traumland wirklich so gefallen würde, wie wir es uns vorgestellt hatten.

Es wurde noch ganz schön hektisch bis wir vier Deutschland den Rücken kehren konnten. Viele Dinge die wir nicht brauchten, verkauften wir und manchmal wurde uns echt wehmütig ums Herz, uns von Sachen die wir lange Jahre gehabt hatten, jetzt zu trennen.

Damals durften keine Pflanzen nach Spanien mit genommen werden und ich wollte meinen Christusdorn den ich über zwanzig Jahre gehegt und gepflegt hatte, nicht so einfach hier lassen. Ich versuchte alles, aber ich konnte ihn nicht mit nehmen, weil die Bestimmungen es nicht erlaubten. Noch heute sehe ich diese wunderschöne Pflanze mit den vielen Blüten und kleinen zarten Blättchen vor mir.

Auch mein schöner Schaukelstuhl und andere liebgewordene Gegenstände blieben in Deutschland zurück. Mit Tieren nach Spanien zu gehen war genauso schwierig, dazu benötigten wir wieder neue Papiere und Gesundheitszeugnisse von Tierärzten. Und alles dauerte lange, aber ohne das, ging gar nichts.

Die größte Sorge bereiteten uns die Katzen, wir mussten sie beruhigen damit sie im Flugzeug nicht durchdrehten. Die Tiere flogen im Frachtraum des Fliegers mit und dort konnten wir nicht hinein. Unser Tierarzt gab uns Tabletten um die Tiere ruhig zu stellen, was wir auch taten.

Zwei Stunden noch, dann mussten wir zum Flughafen, jetzt war mein Sohn nicht auffindbar und der Kater ebenfalls nicht. Hektik pur, mein Sohn weigerte sich mit zu kommen, der Kater lag betäubt im Garten. Ich einem Nervenzusammenbruch nahe, was tun? Unsere Freunde hatten den Möbelwagen voll geladen, ein anderer lieber Freund wollte mich zum Flughafen bringen.

Ich musste nach Spanien, das Haus, die Möbel, das Flugzeug, was jetzt? Dann saß ich im Auto, dann der Flieger, alles überschlug sich. Bleib ganz ruhig, sagte Martin, der Gute, dein Sohn kommt nach, alles wird gut. Ein letztes Winken, der Kater wird im Frachtraum verstaut, ich heule nur noch, der Flieger hebt ab, Adieu Deutschland.

Knapp zwei Stunden später lande ich im Land meiner Träume, in Spanien, in Mallorca und fühle mich abscheulich. Zum Glück ist meine Freundin da und holt mich ab.

Noch mal eine Stunde Wartezeit und ich sehe mein Gepäck, und auch die Box mit meinem Kater kommt auf dem Laufband, er faucht und schreit, ich bin fertig mit den Nerven.

Mein Sohn ist in Deutschland, was tue ich in Spanien, das frage ich mich? Natürlich versuche ich mit meinem Sohn in Kontakt zu kommen, aber alles wird abgeblockt von meinem noch Mann.

Es ist eine schlimme Zeit gewesen, mein Sohn und ich waren noch nie getrennt, und ich hatte so Angst das ihm etwas passiert, zum Glück war er stark genug das alles zu bewältigen, dabei halfen ihm seine zwei Schwestern.

Mehr schreibe ich nicht, bin froh, dass alles noch so einigermaßen gut gegangen ist und ich meinen Sohn nach zwei Jahren wieder in die Arme nehmen konnte. Bei mir leben dufte er nicht, das wollte sein Vater nicht, er meinte ich hätte keine Ahnung von Kindererziehung.

Irgendwann konnte ich mich an Spanien erfreuen, konnte die Sonne sehen, die Düfte riechen und wieder zu leben anfangen, aber vergessen konnte ich nicht. Meine Freundin hatte weniger Zeit für mich, sie hatte sich verliebt, nur unsere anderen Freunde, die beiden „Buben" wie ich sie liebevoll nannte, kamen oft vorbei und versuchten mich zu trösten.

Auch sie vermissten meinen Sohn sehr und verstanden gut wie es mir so erging. Die beiden hatten ein kleines Häuschen mit Garten gefunden und fühlten sich dort wohl. Meine Freundin wohnte ebenfalls in ihrem Traumhaus mit Hunden und Katzen. Ich wohnte ganz oben auf dem Berg in meinem geliebten Haus und fühlte mich langsam immer besser.

So nach und nach ging ich ins Dorf um ein zu kaufen, dort gab es mehrere Mercados, das sind kleine Supermärkte. Alles gab es damals nicht, das Sortiment war klein, vor allem was deutsche Lebensmittel betraf.

Die spanische Wurst schmeckte mir nicht, nur der spanische Schinken war hervorragend, aber immer Schinken das wollte ich nicht. Dafür gab es viele Käsesorten und ich stieg auf Käse um, besonders den Schafskäse liebte ich und machte mir oft mit Tomaten, Paprika und Schafskäse einen Salat, dazu Oliven und ein Brot, Herz was willst du mehr.

Am liebsten mochte ich Obst, die großen spanischen Orangen, die frischen Feigen, die kleinen Litschis und viele andere Obstsorten gab es in Hülle und Fülle und dazu noch sehr billig. So frisches Obst habe ich nur in Spanien bekommen und noch heute träume ich davon.

Der Weg ins Dorf dauert fast eine halbe Stunde und das nur für eine Strecke. Wenn ich wenig einkaufte, dann fand ich das okay, aber wenn ich die großen 5 Liter Wasserflaschen den Berg hoch schleifte, dann war mir das einfach zu viel. Also redete ich mit dem Besitzer des kleinen Marktes und er meinte: "Kein Problem", von da ab, brachte er mir meine Einkäufe immer ins Haus, ohne eine Pesete dafür zu verlangen.

Nach und nach wagte ich mich immer weiter ins Dorf und entdeckte nette kleine Modegeschäfte, Schuhgeschäfte und Ledergeschäfte. Ich fand die Mode in Spanien viel moderner und farbenfroher, die Qualität schien mir auch besser zu sein.

Meine Kleider und Hosenanzüge fand ich langweilig und farblos, und deswegen kaufte ich mir einen bunten Hosenanzug mit bunten Schuhen, ich fühlte mich so richtig gut und fand, das ich noch ganz frisch aussah für mein Alter. Als nächstes suchte ich einen Frisör, der machte mir eine völlig neue Frisur und ich schwebte wie auf Wolken aus seinem Salon, nun konnte ich mich wieder richtig leiden.

Nach und nach erkundete ich immer mehr und stand plötzlich am Strand und sah das Meer. Ich war so begeistert von den Wellen, dem Strand und dem Geruch, dass ich von diesem Tag an, jeden Tag „mein" Meer sehen wollte.

Dazu muss ich sagen, dass es viele kleine „Strände" gibt und jeder ist einfach wunderschön und einzigartig. Zu meinem kleinen Strand war ich eigentlich nur durch einen Zufall gekommen, er war nur den Inselbewohnern bekannt und wenig besucht.

Hier konnte man so richtig entspannen und vor sich hin träumen ohne gestört zu werden. An diesem stillen Ort, der nur durch das Rauschen der Wellen, und dem leisen Wispern des Windes sanft unterbrochen wurde, entstand der Gedanke mein Buch zu schreiben.

So kam es dann auch, in jeder freien Minute pilgerte ich mit meinem Sonnenschirm zu diesem schönen Fleckchen Erde und machte mir Notizen für mein erstes Buch. In Spanien fand ich damals keinen Verlag und so dauerte es noch viele Jahre bis es endlich in Deutschland erscheinen konnte.

Mallorca war in den achtziger Jahren noch nicht so dem Massentourismus ausgesetzt wie heute, damals gab es noch viele romantische „Plätzchen" die heute verschwunden oder bebaut worden sind.

Fälschlicherweise nannten einige „Nichtwisser" diese traumhafte Insel auch die „Putzfraueninsel", darüber konnte ich nur den Kopf schütteln. Zu keiner Zeit hat Mallorca diesen Namen verdient. Es ist und bleibt die wundervollste Insel der Welt und wer einmal hier war, der kommt immer wieder, oder er bleibt gleich da.

Viele Berühmtheiten hat die Insel schon beherbergt und einige leben oder arbeiten immer noch da und alle sind glücklich und wollen nicht mehr von hier weg.

Damals als ich mit meinen Freunden auf Mallorca ankam gab es nicht das was es heute gibt, und ich tat mich schwer mit der spanischen Wurst, die gar nicht meinem Geschmack entsprach. Ganz langsam gab es dann ab und zu eine neue deutsche Wurstsorte zu kaufen. Und wir fanden auch einen Metzger der Wurst nach deutschem Rezept herstellte.

Wenn wir ab und zu mal essen gingen,
dann bestellten wir meistens das „Me-
nue del dia", übersetzt das Tagesessen,
das war ganz besonders günstig und
sehr reichhaltig. Es bestand aus einer
Vorspeise, einem Hauptgericht, dem
Nachtisch, einer Flasche Mineralwas-
ser und einer Flasche Wein.

Natürlich waren die Preise für Lebensmittel und Kleider ebenfalls günstig und auch die Mieten kleiner als in
Deutschland. Nebenkosten entstanden
nur für Wasser und Strom, Heizkosten
fielen nicht groß ins Gewicht. Fast jedes Haus hatte einen Kamin und Holz
kostete nicht viel. Dann gab es noch
die Marmor Heizungen, sie wurden
mit Strom beheizt, der billig war.

Nur ganz wenige Häuser hatten richtige Heizungen weil es meist Ferienhäu-
ser waren und die brauchten das nicht.
Die Spanier hatten zusätzlich Öfen die
mit Butangas betrieben wurden und

ebenfalls nicht viel kosteten. Deswegen kamen auch viele Rentner nach Mallorca weil sie hier viel billiger leben konnten. Dazu kamen noch die Sonne und das milde Klima, alles zusammen machte eine große Ersparnis aus.

Sogar die Wohnungen und Häuser kosteten nicht viel, deswegen erwarben immer mehr Rentner Eigentum um im Alter keine Miete zahlen zu müssen. Es hörte sich alles so gut an, bis dann der E U Beitritt kam und sich alles änderte, und auch in Spanien alles teuerer wurde. Damit hatte keiner gerechnet und deswegen sind heute viele Rentner wieder nach Deutschland gegangen, obwohl sie das nie gewollt hatten.

Ich habe eine tolle Zeit in Mallorca verbracht und werde sie nie vergessen, viele Bilder sind davon geblieben und erinnern mich daran wenn ich traurig bin. Ich weiß noch wie kaputt ich in

Mallorca angekommen bin und wie ich so richtig hoffnungslos war. Nichts konnte mich so richtig aufmuntern, für mich schien alles so aussichtslos zu sein und am schlimmsten war, das mein Sohn nicht mit gekommen war, er hatte sich im letzten Moment entschieden, zu hause in Deutschland zu bleiben.

Ich hatte extra ein Haus mit einer kleinen Einliegerwohnung gekauft, damit er später seine eigene kleine Wohnung hatte, aber er weigerte sich. Seinen Kater hatte ich mit genommen, auch das half nichts.

Zum Glück waren die beiden Freunde und meine Freundin auch in Mallorca und versuchten alles, damit ich wieder lachen sollte. Es dauerte fast ein Jahr bis es mir wieder etwas besser ging und ich wieder richtig essen konnte.

So nach und nach gewöhnte ich mich in Mallorca ein und erholte mich gut, bekam eine gesunde Bräune und freute mich, dass es hier so schön war. Meine beiden Tiere, mein Hund Rex und Kater Cimba taten ein Übriges um mich zum Lachen zu bringen.

Meine kleine Einliegerwohnung die ich vermietet hatte, brachte soviel Geld das ich davon bescheiden leben konnte. Mein Haus war bar bezahlt und es ging mir gut, große Sprünge konnte ich nicht machen, aber es reichte gerade so.

Das erste Mal in meinem Leben konnte ich alleine entscheiden was ich tun wollte und was nicht, ein wirklich tolles Gefühl das ich viele Jahre nicht gehabt hatte, und das mich total befreite.

Die Zeit verging im Sauseschritt und ich erlebte so einiges mit, aber das erfahrt ihr in meinem Buch der Titel heißt: "Wie Rex und Cimba unseren Traum von Mallorca erlebten". Bei amazon.de könnt ihr es bestellen. Ja, und so manche Geschichte erlebte ich, die steht nicht in dem Buch von Rex und Cimba, deswegen erzähle ich sie jetzt.

Da wäre die Geschichte von dem kleinen „Dingo", einem Hund der unbedingt bei mir sein wollte. Wir, meine Freunde samt Freundin und mir gingen ab und zu in eine kleine spanische Kneipe weil es dort so nette deutsche Gäste gab, mit denen wir uns in unserer Muttersprache unterhalten konnten.

In einem der Korbsessel lag ein kleiner Hund, er schlief und sah so richtig niedlich aus.

Und auch als er wach war, verhielt er sich ruhig, schaute nur ab und zu in die

Runde, dann machte er die Augen wieder zu und schnaufte tief.

Wir waren die letzten Gäste die gingen, ich schaute noch einmal nach dem Sessel in dem der kleine Hund gelegen hatte, er war leer. Wir stiegen in unser Auto und fuhren los, zuerst zu meiner Freundin, dann zu mir und zum Schluss würden unsere Freunde nach Hause fahren.

Ich war an meinem Haus angelangt und stieg aus, freundlich winkend, öffnete meine Haustüre und wer saß neben mir?

Es war der kleine Hund, er wedelte mit dem Schwanz und sprang an mir hoch, dabei quietschte er wie verrückt.

Natürlich nahm ich ihn mit ins Haus und er sprang sofort in einen Sessel, dort rollte er sich zusammen und schlief. Am nächsten Tag brachte ich ihn zu der kleinen Kneipe zurück, aber schon nach zwei Stunden stand er wieder vor meiner Türe. Dann brachte ich ihn zu meinen Freunden, auch dort blieb er nicht, nach kurzer Zeit brachten sie ihn zurück und er kuschelte sich wieder in meinen Sessel.

Okay, sagte ich, dann bleib, ehrlich gesagt, der Kleine hatte sich in mein Herz geschlichen. Ganze sechs Wochen war er mein Gast, dann klingelte es an meiner Tür.

Draußen stand ein Mann und wollte seinen „Dingo" haben, und tatsächlich, als der Kleine seinen Namen hörte, da rannte er los und sein Freudengeheul schallte durch das Haus. Dingos Herrchen war nur kurz in Deutschland gewesen und der schlaue Hund hatte sich ein Übergangsquartier gesucht.

Nur eines konnte ich nicht so recht nach voll ziehen, woher wusste der Wirt das der Hund „Dingo" hieß!?

Klar, dass ich ihn darauf ansprach, leicht verlegen meinte er, das sei Zufall gewesen, er sei ein wilder Hund und die haben den Namen „Dingo".

Irgendwie glaubte ich dem Wirt das nicht und als ich zufällig hörte, dass er sich mit dem Herrchen von dem Hund in englisch unterhielt, wusste ich, dass es kein Zufall, sondern Absicht war, dass der kleine Dingo bei mir landete.

Natürlich sagte ich nichts aber ich wurde vorsichtiger und beschränkte mich darauf zu hören und genau das tat ich, so erfuhr ich manche Dinge, die ich vorher sicher nicht erfahren hätte.

Ja, der kleine Dingo war mein erster Hund, leider blieb er nur wenige Wochen bei mir dann holte ihn sein englisches Herrchen wieder bei mir ab. Schon damals wunderte ich mich woher der meine Adresse bekommen hatte. Klar, dass der Wirt sie ihm gab, denn sonst wusste sie ja keiner, außer meinen Freunden und die gaben sie nicht weiter.

Mein zweiter Hund hieß Melanie und sie bekam ich durch meinen Frisör. Er züchtete diese seltene Sorte Windhunde und eine war schöner als der andere. Melanie hatte ein silbergraues klein gelocktes Fell und war grazil und hoch gewachsen. Jesus, mein Frisör und Hundezüchter liebte seine Melanie sehr und wollte, dass sie in gute Hände kam, deswegen gab er sie mir zur Probe mit.

Melanie war wunderschön, aber nicht besonders klug, am liebsten ging sie mit mir spazieren, ließ sich bewundern und streicheln, das gefiel ihr sehr gut.

Zu hause wollte sie nur schlafen und fressen, Besuch konnte sie gar nicht leiden, wenn es an der Türe klingelte rannte sie auf das Dach des Hauses und bellte laut und schrill.

Oder sie rannte um das Haus herum bis sie keine Luft mehr bekam und nur noch röchelte. Andere Hunde mochte sie nicht, fremde Menschen auch nicht, die zwickte sie in Arme und Beine.

Wenn sie mit mir allein war, dann lag sie neben meinen Füßen und schaute mich nur an, stand ich auf und ging in ein anderes Zimmer oder in den Garten, lief sie mit, aber wenn Besuch kam oder es an der Türe klingelte, fing sie an sich komisch zu benehmen.

Wenn sie alleine im Haus war, dann knabberte sie meine Möbel an oder zerbiss Schuhe die sie aus dem Schrank holte. Bis Leo kam, er sah aus wie ein alter zerfledderter Löwe im

Kleinformat, ein echt hässlicher, alter, ungepflegter Hund, ein Mischmasch aus verschiedenen Sorten, er wohnte nur zwei Straßen entfernt im Hochhaus.

Ich konnte diesen Hund nicht leiden, er sprang über die Mauer in mein Grundstück und machte mit heiserem bellen auf sich aufmerksam. Wenn Melanie dieses ekelhafte Gebell hörte, war sie nicht mehr zu halten, sie sprang sogar aus dem Fenster und rannte zu Leo.

Und dann ging es ab, Leo sauste voraus, sie hinterher, erst nach Stunden kamen sie wieder, völlig verdreckt und atemlos, sie liefen in den Keller und schliefen auf einem alten Sofa. So ging das fast jeden Tag, eines Tages kam Leo nicht mehr, Melanie wollte nichts mehr fressen und lag nur noch müde herum.

Das Frauchen von Leo kam und fragte nach ihm, wir suchten Leo gemeinsam, konnten ihn nicht finden. Melanie bewegte sich nicht um mit zu suchen, sie lief nur ab und zu auf das Dach um hinunter ins Dorf zu sehen, dann kam sie wieder herunter und schaute mich tief traurig an.

So konnte es nicht weiter gehen, ich machte mir richtig Sorgen um Melanie und ging zu Jesus. Natürlich nahm er seine arme kleine Melanie sofort mit nach Hause um sie zu trösten. Ich war irgendwie froh, hoffte, dass Melanie ihren Leo vergessen, und einen neuen Partner finden würde.

Wenige Wochen später hatte Melanie ein neues Frauchen gefunden, eine allein stehende Dame die dreimal am Tag mit ihr spazieren ging. Melanie blühte auf, fraß wieder und war strahlend schön wie früher.

Der Hund Leo wurde nicht mehr gesehen, sein Frauchen ist weg gezogen aber sie schaute noch alle paar Monate bei mir vorbei und hat mir ihre Telefonnummer gegeben falls er doch noch auftauchen sollte.

So ganz ohne Hund wollte ich nicht sein und damals war Rex noch nicht bei mir, nur mein Kater Cimba, den ich aus Deutschland mit gebracht hatte.

Im Augenblick stand mir der Sinn nicht nach einem größeren Hund, ich wollte lieber einen ganz kleinen, einen richtigen Schmuse Hund.

Und so hörte ich mich bei den Menschen um, die ich hier schon kannte, und dabei waren noch die Sprachschwierigkeiten zu überwinden, denn ich sprach nur wenige Worte spanisch, die meisten Spanier aber mallorquin, und das schien mir sehr schwierig, eigentlich aussichtslos.

Natürlich fanden sich Übersetzer, tja, keine vereidigten, ehe solche, die sich selbst zum Übersetzer ernannt hatten und wie sie sagten sogar mehrere Sprachen kannten.

Alle waren sehr nett und hilfsbereit, aber so genau übersetzt bekam ich es fast nie.

Dann erfuhr ich von einem Deutschen, der in Wirklichkeit ein Holländer war, das es eine ganz winzige Hunderasse gibt, sie heißen „Rattineros", also eine Art Rattenfänger und die seien sehr selten.

Klar, dass ich überall nach einem „Rattinero" fragte, und auch einige zu Gesicht bekam.

So klein, wie ich meinte, fand ich sie nicht, also wartete ich noch einige Zeit, dann fand ich auf einer Finca einen kleinen Hund der ein Rattinero sein sollte.

Er schien mir der Richtige zu sein und ich nahm in mit. Süß sah er aus, etwa so groß wie ein Marder mit runden schwarzen Knopfaugen. Als er zu bellen anfing, musste ich mir die Ohren zuhalten, er bellte so schrill und durchdringend wie ein Riesenhund.

Und er hatte noch andere Unarten, er biss jedes Elektrokabel durch, er pinkelte in die Steckdosen, spielte mit Steinen und Knochen auf dem Dach und grub riesige Löcher im Garten, kurzum, er nervte pausenlos.

Ein Schmusehund wurde er nicht, er kratzte und biss, bellte so laut das sogar die Nachbarn sich über ihn beschwerten, und er blieb nicht alleine im Haus. Ich gab ihn einem Freund, der lebte auf einer Finca, dort gefiel es dem kleinen „Rattinero".

Nun hatte ich erst einmal genug und wollte keinen Hund mehr haben, mein Kater genügte mir vorerst. Aber dann gab es einen Vorfall der mich umdenken ließ, es geschah in einer dunklen Nacht, der Wind heulte um mein Haus und der Regen klatschte an die Fensterscheiben.

Der Sturm schüttelte die Bäume und krachend fiel ein Balken vom Dach auf meine Terrasse. Das Licht flackerte und fiel schließlich ganz aus, dann lief das Wasser vom Dach ins Haus, ich fühlte mich gar nicht gut.

Nun rauchte auch noch der Kamin, jetzt musste ich Kerzen suchen um nicht im Dunklen zu sitzen, denn die Straßenlaternen leuchteten ebenfalls nicht mehr. Als ich meine Freunde anrufen wollte, bemerkte ich, dass mein Telefon nicht funktionierte, Handys hatte ich damals noch nicht.

Endlich waren die Kerzen aufgestellt und angezündet, ich fühlte mich schon etwas besser. Ich stellte Eimer auf damit das Wasser vom Dach aufgefangen werden konnte.

Dann schaute ich in meinen Garten und erstarrte vor Schreck, da liefen Gestalten herum und sie liefen auf mein Haus zu.

Ich musste was tun, aber was, ich öffnete das kleine Fenster im Esszimmer und brüllte hinaus: "Hände hoch, oder ich schieße!". Und dann drehte ich mich um und schrie ins Haus hinein: "Carlos, komm her, hier sind Einbrecher!"

Lieber Gott, dachte ich, hoffentlich wissen die nicht, dass ich alleine im Haus bin. Und ich starrte weiter in den Garten, sah wie die Gestalten über die Mauer sprangen und die Straße hinunter liefen. Einige Tage später hatte ich einen Schäferhund, meinen Rex und ich fühlte mich beschützt.

Nach meinem Rex wollte ich keinen Hund mehr haben, dieser Hund war so ein besonderer Hund gewesen, und vergessen konnte ich ihn nie. Aber das ist ein ganz neues Kapitel und wird bestimmt ein ganzes Buch werden.

Eine kleine Geschichte muss ich zur Einführung doch noch nieder schreiben, damit ihr wisst was für ein Hund mein Rex war. Er stammte aus einer gemischten Beziehung, ein Teil seiner Hundeeltern war Spanier, der andere Deutscher.

Wenn Rex seinem Kater Cimba erzählte das er ein gemischter Hund sei, dann sah man ihm richtig an wie stolz er auf seine Eltern war. Er hatte noch berühmtere Großeltern, sein Großvater war ein ganz bekannter Hund gewesen, und hatte viele Auszeichnungen geholt.

Rex hatte noch weitere Geschwister aber von denen sprach er wenig, er meinte, das er sehr froh sei, eine neue Familie gefunden zu haben, damit meinte er mich, Kater Cimba und meinen Mann, den er besonders in sein Hundeherz schloss.

Damals war Rex alleine mit Kater Cimba und beide mochten sich auf Anhieb, das ist nicht immer so bei Hund und Katz. Kater Cimba hatte schon Hundeerfahrung, zu hause in Deutschland wo Cimba her kam, wohnte er mit vielen Katzen und einem Bernhardinerhund zusammen.

Sogar Vögel gab es dort erzählte er Rex, der konnte das gar nicht glauben. Und hast du die Piepmätze gemocht, wollte der Hund wissen?

Na ja, geliebt nicht gerade, aber ich habe sie in Ruhe gelassen, obwohl sie mich manches Mal echt genervt haben.

Vor allem der eine, der schwarze, der hat alle nach gemacht, der konnte sogar miauen und fast jede Stimme nach sprechen, sogar klingeln wie ein Telefon, den hätte ich schon mal gerne geschüttelt, aber getan hab ich es nie.

Rex zweifelte schon, ob der Kater Cimba ihm die Wahrheit sagte, aber Frauchen bestätigte ihm, dass der schwarze Vogel eine indische Krähe sei, auch Beo genannt und tatsächlich fast alle Stimmen nachahmen könne.

Und es hatte noch andere Vögel gegeben, eine davon eine Nachtigall, sie hatte so schön gesungen, dass es sogar dem Kater gefallen musste. Leider blieb sie nur wenige Wochen, dann wurde sie von der Eigentümerin wieder abgeholt. Sie kam immer nur wenn ihre Eigentümerin in Urlaub fuhr.

Und es gab noch Georgi, der pfiff immer „Freude schöner Götter Funken" leider immer falsch, er begriff es einfach nicht. Schön sah der Georgi aus mit seinem gelben Federhäubchen und den orangen Bäckchen. Der kleine Otto, ein blauer Wellensittich war nicht so hübsch, aber er hatte mehr Talent. Er machte keine Fehler, lernte schnell und unterhielt uns alle mit seinen Liedern.

Die liebsten Vögel waren für Kater Cimba die kleinen Zebrafinken, zierliche bunte Vögel die leise zwitscherten und kleine Kunststücke auf ihrer Schaukel machten. Diese kleinen Tierchen waren auch die Lieblingsvögel von dem Bernhardinerhund, er lag oft vor dem Käfig und schlief dort ein.

Nun verstand der Hund Rex warum der Kater Cimba froh war, das er der Hund ins Haus gekommen war, nun hatte er wieder Gesellschaft und musste nicht mehr so alleine sein.

Und außerdem sollte Rex das Haus und Frauchen beschützen und natürlich Einbrecher verjagen. Cimba fühlte sich seit Rex im Haus war wesentlich sicherer und er schlief auch besser.

Der Hund Rex gewöhnte sich schnell ein und wachte über das Haus und seine Bewohner. Tagsüber rannte er im Garten herum, nachts verzog er sich auf das Flachdach des Hauses. Von dort überblickte er den großen Garten und konnte auch von der anderen Seite bis ganz in das kleine Städtchen schauen.

Eines Tages jedoch meuterte Rex und das kam weil neue Bewohner ins Haus ein zogen. Sie waren noch klein und sie konnten noch nicht richtig schnattern, aber Rex mochte sie trotzdem nicht, er hasste dieses blöde Federvieh wie er es nannte.

Dabei wohnten die zwei kleinen Enten gar nicht im Haus, sondern im Hühnerstall hinter dem Haus. Bei Regenwetter konnten sie in den Kellerraum um nicht nass zu werden, ins Haus direkt kamen sie gar nicht.

Vermutlich konnte Rex ihr Geschnatter nicht ausstehen, oder er vertrug es nicht, das die zwei kleinen Enten soviel Aufmerksamkeit von seinem Frauchen bekamen. Am allermeisten ärgerte er sich wenn „Paul und Paulinchen" so hießen die zwei aus dem Stall durften und überall herum liefen.

Laufen konnte man dieses Gewatschel ja nicht nennen, es sah urkomisch aus wenn sie mit ihren großen orangen Füßen an ihm vorbei stolzierten und sich dabei noch ganz wichtig vor kamen. Dazu noch dieses ewige Geschnatter, das seine empfindlichen Hundeohren beleidigte.

Eigentlich sahen sie recht niedlich aus mit ihrem bunten Federkleid und dem orangen Schnabel, nur die großen Füße störten den Gesamteindruck, obwohl sie die gleiche orange Farbe wie die Schnäbel hatten.

Und obwohl der Hund Rex seine Abneigung deutlich zeigte, er knurrte und fletschte seine Zähne, mochten ihn die beiden Federviecher, wenn sie ihn sahen, fingen sie sofort an zu schnattern und liefen sogar hinter ihm her.

Sogar auf das Dach des Hauses folgten sie ihm und schauten ihn aus ihren kleinen Knopfaugen treuherzig an. Sie hatten auch keine Angst vor ihm, und irgendwann ließ er sie in Ruhe, er knurrte nicht mehr und fletschte seine

Zähne nicht mehr. Er liebte sie nicht, aber er mochte sie irgendwie, fand sie sogar niedlich.

Natürlich blieben Paul und Paulinchen nicht immer so klein und niedlich, sie wuchsen zu richtig großen Enten heran und sie liefen dem Hund Rex auch nicht mehr hinter her, aber sie mochten ihn. Das zeigten sie wie immer mit ihrem Geschnatter.

Seit die zwei Enten erwachsen geworden waren, hatte sich auch ihre Schnatterrei verändert, sie klang stark , laut und bestimmt, hörte sich, so fand Rex, jetzt echt gut an.

Nur eines mochte er nicht das Flügel schlagen der Beiden. Das taten sie immer wenn sie aufgeregt oder verschiedener Meinung waren. Enten bleiben meist ein ganzes Leben zusammen, und ab und zu schienen sie sich nicht ganz einig zu sein.

Der Kater Cimba flüchtete immer wenn Paul und Paulinchen Flügel schlagend durch den Garten watschelten, das konnte er nicht leiden, er gestand Rex, dass er Angst vor ihren großen Flügeln und dem komischen Geräusch das sie dabei machten, hätte.

Das Frauchen von Kater Cimba und Hund Rex lachte nur wenn sie die zwei Enten Flügel schlagend sah und meinte: "Hört auf, ihr Angeber!" Es war, als ob die Beiden das verstanden hätten, denn, sie hörten auf damit und trollten sich in ihren Stall.

Am liebsten planschten sie in ihrer großen alten Blechwanne, oder stibitzten Kater Cimba oder Hund Rex das Futter aus den Näpfen. Irgendwie mochten wir uns alle und fühlten uns zusammen recht wohl, nur manchmal gingen wir uns aus dem Weg, aber es dauerte nicht lange, dann gluckten wir wieder zusammen.

Manche Menschen verstehen ja nicht, dass es ein Miteinander von verschiedenen Tieren gibt, so wie bei uns, Katze, Hund und Enten. Zu gegeben, es klingt recht ungewöhnlich, aber es ist möglich, wenn auch sehr selten.

Und wir waren jahrelang zusammen, und es war eine schöne Zeit, dazu kam noch das herrliche Klima in Spanien, unser Frauchen und später das neue Herrchen, alles passte um glücklich zu sein und zu bleiben.

Und da wären wir beim Thema „Neues Herrchen", da hatte Frauchen wirklich einen Glücksgriff gemacht, aber das soll sie am besten selbst erzählen.

Fix und fertig war ich damals in Mallorca angekommen und wenn ich ehrlich bin, wusste ich manchmal nicht, ob es richtig gewesen war, so einfach in ein fremdes Land zu gehen.

Damals erschien es mir richtig, denn sonst hätte ich es bestimmt nicht getan. Meine Ehe war nach 28 Jahren nicht mehr so prickelnd und die Scheidung schon eingereicht, und ich wollte einfach nur meine Ruhe und keinen Streit mehr.

Geld für ein bescheidenes kleines Haus hatte ich von meinem Exmann bekommen und mir dafür ein kleines Haus gekauft. Unterhalt war mir zugesichert und ich hatte ihn auch einige mal bekommen, dann blieb er einfach aus.

Meine kleine Immobilienfirma hatte ich einem Freund gegeben, der würde sie in Deutschland weiter führen und mir einen Anteil geben, damit ich in Spanien gut leben könnte.

Leider hat mir mein Exmann einen Strich durch die Rechnung gemacht und das Geschäft ohne meine Zustimmung abgemeldet. Kein Geschäft, kein Geld, ich hatte damit nicht gerechnet.

Zum Glück war noch Geld übrig geblieben und ich hatte ja auch die kleine Einliegerwohnung vermietet, so konnte ich wenn auch bescheiden leben.

In der kleinen Wohnung lebte ein Mann, er war Kellner in einer Disco im Städtchen, und er kannte den Geschäftsführer der Disco.

Das er mein neuen Partner und späterer Ehemann sein würde, das wusste ich damals noch nicht. Ich ging zufällig dort hin und feierte meinen 48 ten Geburtstag, dazu lud ich den Geschäftsführer zu einem Drink ein.

Es war das erste mal in meinem Leben, das ich einen Mann zu einem Drink einlud, aber ich fühlte mich einfach danach. Und als mich der der Mann zum Tanzen aufforderte, da lehnte ich nicht ab.

Lange hatte ich nicht mehr getanzt und das, obwohl ich früher so gerne zum Tanzen gegangen war, lange her und fast vergessen, aber doch nicht so ganz. Ja, ich konnte es selbst nicht glauben, aber mein Geburtstag, der so öde und einsam begonnen hatte, gefiel mir plötzlich ziemlich gut.

Und ich genehmigte mir noch einen Drink, genauer gesagt einen Campari Orange und ich fühlte mich wunderbar. Nein, es lag nicht an dem Drink, es war dieser Mann den ich heute kennen gelernt hatte, er schien mir irgendwie so vertraut, so, als würden wir uns schon lange kennen.

Wir tanzten die ganze Nacht und am Morgen brachte er mich nach Hause. Dann ging er in seine Wohnung und ich schlief brav in meinem Bett und träumte von ihm. Wir sahen uns sehr oft und ich stellte immer wieder fest wie ähnlich wir uns doch waren.

Und mein Kater Cimba rannte schon zur Türe wenn er seine Schritte hörte, ein gutes Zeichen, denn Tiere mögen nicht alle sondern nur besondere Menschen, sagte meine Mutter immer, und sie hatte sicher recht.

So nach und nach erzählte mir Danny etwas mehr aus seinem Leben und ich verstand warum er in Spanien angekommen war. Sein eigentliches Reiseziel hieß Ibiza, aber die junge Frau im Reisebüro meinte: "Was wollen Sie alter Opa in Ibiza, gehen Sie doch nach Mallorca, das passt besser zu Ihnen!"

Und so machte es Danny, er ging nach Mallorca und wollte dort für zwei oder drei Wochen Urlaub machen. Und wie es das Schicksal so wollte traf er dort in einer kleinen englischen Bar einen

Bekannten aus seiner Heimat. Der suchte einen Geschäftsführer mit Musikverstand, und bot Danny sofort einen Job an.

Danny überlegte einige Tage, dann sagte er zu, damals kannten wir uns noch nicht.

Seine Aufgaben bestanden aus Geschäft führen, Umbauarbeiten überwachen und selbst mit Hand anlegen, Werbung machen und Platten auflegen.

Insgesamt ein 15 Stunden Tag der erst morgens um vier Uhr aufhörte und meist um 11Uhr vormittags wieder begann, ein totaler Stress.

Danny war ein ruhiger und fleißiger Mann und viel zu gutmütig, er wehrte sich nicht wenn er zusätzliche Arbeiten dazu bekam. Und er nahm Leo der auch dort beschäftigt war viel Arbeit ab. Leo war ein echter Lebenskünstler, er ging der Arbeit aus dem Weg wo er nur konnte.

Am liebsten machte er „Werbung", das bedeutete für ihn lässig am Strand rum liegen und Mädchen anmachen, dabei drückte er ihnen einen Werbezettel in die Hand und versprach ihnen einen Drink. Wenn die Mädchen dann kamen, stolzierte er wie ein Gockel auf sie zu und begrüßte sie als wäre er der Chef des Hauses.

Der Chef der Disco hielt sich die meiste Zeit in Deutschland auf, wo er noch mehrere Tanzlokale und Discos betrieb. Danny liebte seine Arbeit und machte sie gerne, aber für immer gefiel sie ihm nicht, und mir schon gar nicht.

In Spanien gab es Mädchen die Männer für einen oder zwei Abende suchten und mein Danny gefiel ihnen recht gut. Diese Damen warteten dann bis

Danny seinen Dienst beendete und wollten mit ihm nach Hause gehen. Danny sagte ihnen dass er eine Freundin habe, sie meinten, das störe sie nicht. Irgendwann wurde es Danny zu bunt, und er sah sich nach einem neuen Job um.

Die neue Arbeit hatte nichts mit Disco und dergleichen zu tun, sie lag im handwerklichen Bereich, Danny wollte wieder in seinem alten Beruf als Maler arbeiten, obwohl er wie er sagte: "Den Pinsel nie mehr in die Hand hatte nehmen wollen!"

Zu der damaligen Zeit gab es nur wenige Maler auf Mallorca, einer davon war ein Malermeister aus Berlin, er hatte einen guten Kundenstamm und suchte zu dieser Zeit noch einen Maler.

Danny und er mochten sich auf Anhieb und so bekam Danny den Job bei ihm. Ich freute mich sehr darüber, jetzt hatte

Danny endlich diesen nervenaufreibenden und anstrengenden Nachtjob los. Noch mehr freute ich mich, dass die aufdringlichen Mädchen ihn nicht mehr anmachen konnten.

Danny selber arbeitete wieder gerne in seinem alten Beruf, so sagte er wenigstens, und ich glaubte es ihm. Er sah recht gut aus in seinem weißen Maleranzug und ich war richtig stolz auf ihn.

Vorher hatten wir kein eigenes Auto gehabt nur das Auto vom Chef der Disco, jetzt brauchten wir eines, denn ein Maler ohne Auto ist nicht vorstellbar, er muss ja seine Farbeimer und Werkzeuge dabei haben.

Ein Bekannter von uns verkaufte seinen R 4 und für Danny war es genau das richtige Auto. Es sah noch super aus, war technisch einwandfrei und sogar die Farbe gefiel uns, ein schönes rot. Auf dem Dach konnten wir die

Auszugsleiter unterbringen und die Farbeimer samt Werkzeuge passten gut in den Kofferraum wenn wir die hinteren Sitze umlegten.

Nach einiger Zeit hatte ich die Idee selber einen Malerbetrieb zu haben und Danny gefiel der Gedanke auch ganz gut. Er sagte es seinem Chef und der verstand es, so wurde Danny sein eigener Boss. Alles war super, die Aufträge kamen und ich ging mit „auf den Bau" um Danny zu helfen.

Als ich das erste Mal eine Walze in die Farbe tauchte um eine Balkonwand zu streichen, bin ich fast über das Balkongeländer gefallen, weil die große Walze voller Farbe so schwer war. Ich nahm kleinere Walzen und fing mit kleinen Wänden an, so was wie Kleiderschränke etc.

Und ich muss zugeben, es machte mir echt Spaß mit Danny zu arbeiten, obwohl es ein echter Knochenjob war und ich oft ziemlich geschafft nach der Arbeit in meinem großen Sessel einschlief.

Am liebsten arbeitete ich mit Danny wenn die Besitzer ihre Häuser oder Wohnungen am Meer hatten, da konnten wir uns in der Mittagspause schnell im Meer abkühlen oder in den Pool springen.

Die Hitze war schon heftig und manchmal fast nicht erträglich, zum Glück konnten wir uns die Arbeit einteilen und uns die Arbeitszeiten aussuchen. Meistens waren die Eigentümer in Deutschland und kamen erst wenn die Arbeit fertig war.

Dann hatte Danny die Idee mit dem Malergeschäft und suchte nach einem kleinen Laden. Mich begeisterte das nur wenig, ich wollte keinen Laden haben und sagte das auch, aber dann einigten wir uns doch und ich sah ein, dass ein Ladengeschäft eine gute Sache wäre.

Zum einen um Farbe und Zubehör zu verkaufen, zum anderen um Aufträge zu bekommen. Es tauchte die Frage auf, wo bekommen wir eine gute Farbe her, und was kostet das alles, und wo ist ein kleiner Laden der günstig vermietet wird?

Viele Fragezeichen auf einmal und wenig Antworten, doch das störte Danny nicht, wenn er sich einmal etwas in den Kopf gesetzt hatte, dann gab er nicht auf und ging seinen Weg bis er es geschafft hatte.

Und wir hatten Glück, auf der anderen Seite der Insel entdeckte Danny ein Haus das strahlend weiß aus den anderen Häusern hervor schaute. Er erfuhr, dass es einem Fabrikbesitzer aus Deutschland gehörte. Und es kam noch besser: Dieser Mann hatte die Farbe für das Haus selber hergestellt, eine neue Fassadenfarbe die auch nach Jahren noch wie neu aussah. Danny war nicht mehr zu halten, er wollte unbedingt mit diesem Mann sprechen.

Von den Nachbarn erfuhren wir, dass jener Mann in zwei Wochen wieder auf der Insel sei. Danny erfuhr die Telefonnummer des Mannes und bekam einen Termin von ihm als er wieder eingeflogen war.

Die beiden Herren unterhielten sich und nach einer Stunde waren sie sich einig, das Danny die Farbe bekommen würde. Ich konnte es nicht glauben, sogar die Farbwalzen und das übrige Malerzubehör konnten wir von diesem Mann, der eine Fabrik in Deutschland hatte beziehen.

So ein Glück zu haben war fast wie ein Sechser im Lotto, nun fehlte nur noch

ein kleiner Laden. Und unsere Glückssträhne blieb uns erhalten, Danny fand
einen kleinen Laden gleich um die E-
cke wo wir wohnten.

Wer jetzt an ein fertiges Ladengeschäft
denkt, der irrt, die meisten Läden in
Spanien sahen anders aus. Unserer hatte drei Wände und ein Dach, vorne ein
Rolltor, ich musste erst einmal schlu-
cken, aber dann fragte ich nach dem
Preis.

Ganz billig sagte der Vermieter, nur
500 DM ohne Kaution. Ich schluckte
nochmal und sah Danny an. Ja, okay,
wir nehmen den Laden, meinte er und
gab dem Vermieter 500 DM, den Vertrag machen wir heute Abend.

So geschah es, der Vertrag war am
Abend fertig und wir hatten einen La-
den und bekamen gleich den Schlüssel.
Stolz betrat Danny den Laden und

zeigte mir wo und wie alles gemacht werden würde.

Ich zeigte auf den Fußboden und meinte da müssen wir noch Fliesen drauf legen und ein Schaufenster und eine Türe bräuchten wir auch noch, und ein WC und Waschbecken seien nicht vorhanden. Kommt alles, bleib ganz ruhig, ich mache das schon, sagte Danny, mir war ganz schlecht, wie sollte das alles funktionieren?

Wo sollten wir das Material, die Handwerker etc so schnell her zaubern, das alles machte mir Bauchweh.

Ja, Danny war begeistert, ich musste mich erst an den Gedanken gewöhnen einen Laden zu haben. Und ehrlich gesagt, ich wusste nicht, ob ich mich freuen sollte oder nicht. Eigentlich wollte ich keinen Laden mehr haben, denn ich kannte das alles schon.

Ich selbst hatte einen kleinen Schreibwarenladen betrieben und es war damals mein innigster Wunsch gewesen. Aber so einfach wie ich es mir vorgestellt hatte, lief es leider nicht ab. Insgesamt zwölf Stunden verbrachte ich mit Hin und Rückfahrt in dem kleinen Geschäft, davon zehn Stunden ohne Pause. Klar konnte ich etwas essen, aber der Laden blieb von 8 Uhr morgens bis 18 Uhr abends durchgehend geöffnet, nur am Samstag von 8 bis 14 Uhr.

Damals war Benny erst 12 Jahre und zu jung um alleine zu Hause zu sein. Er hatte zwar Freunde, aber wie es halt ist, machten alle zusammen Blödsinn und ich bekam Ärger mit den anderen Eltern. Klar, konnte Benny jederzeit mit in den Laden, aber das mochte er nicht, war ihm zu langweilig.

An einen Streich erinnere ich mich noch gut, den „Frau Holle Streich", der brachte mir einen Bußgeldbescheid ein, wegen Verletzung der Aufsichtspflicht, so konnte es nicht weiter gehen. Zwei Jungen und natürlich Benny hatten Kopfkissen aufgeschnitten und aus dem Fenster geschüttelt, wie bei „Frau Holle", und sie lachten Tränen über dieses tolle Spiel.

Die Nachbarn fanden das nicht lustig und die Mütter der beiden Buben ebenfalls nicht, und als dann noch entdeckt wurde, das die Buben Alkohol getrunken hatten, da durften sie nicht mehr zu Benny kommen, und ich bekam den Ärger.

Deswegen gab ich nach zwei Jahren meinen kleinen Laden wieder auf und blieb im Haus um mich um Benny zu kümmern. Im Übrigen wollte ich nicht so angehängt und zwölf Stunden außer Haus sein. All das ging mir durch den Kopf und ich fühlte mich nicht wohl, wieder in einem Laden zu stehen und das sagte ich Danny auch. Klar, das er meine Zweifel zerstreute und meinte, es dauere sowieso noch einige Zeit, bis das Geschäft fertig sei.

Ich beruhigte mich und schob den Gedanken an den Laden ganz weit nach hinten, warum sollte ich mir jetzt schon Gedanken machen um das was noch nicht war, und eventuell kommen würde?

Und so freute ich mich auf den Sommer, die schönen Abende auf unserer Terrasse die Spaziergänge durch den nahe gelegenen Wald und den weißen Strand der zu einem Bad im Meer einlud.

An den Laden dachte ich schon fast nicht mehr, aber da hatte ich mich getäuscht, denn eines Tages wurde ich ziemlich unsanft an ihn erinnert. Material wurde geliefert und zwei Männer kamen zum ausmessen. Das alles gefiel mir nicht und ich sagte das auch zu Danny.

Ja, meinte er, das dauert doch noch eine Weile und bis dahin hast du dich damit angefreundet einen eigenen Laden zu haben. Ich bezweifelte das, aber vielleicht hatte er ja recht, und mir gefiel der kleine eigene Laden wirklich.

Der Laden sah nun schon ein wenig besser aus, die Wände hatten eine Struktur bekommen, die Danny mit den Händen auftrug und die super aussah. Danny hatte sie seine Hand Struktur genannt. Fast alle Kunden die in den Laden kamen, wollten diese Hand Struktur haben, aber soweit sind wir noch lange nicht.

Nun fehlte noch die Fensterfront und die Eingangstüre, das erwies sich als schwierig, weil es keine Normgrößen waren. Durch einen Zufall bekamen wir das Fenster und die Türe gebraucht

zu einem kleinen Preis und Danny
baute alles ein.

Jetzt gefiel mir der Laden ganz gut,
aber dann kam der Schock, wir fanden
nirgendwo Strom, das konnte doch
nicht sein. Also fragten wir unseren
Vermieter, der meinte: "Ja, darum
müsst ihr euch schon selbst kümmern."
Wozu braucht man Strom in einem
Farbenladen, verstehe ich nicht! Einen
Laden ohne Strom, das konnte nicht
sein, so etwas gab es doch nicht, oder
vielleicht doch?

Danny ging zur Gemeinde und fragte
nach, was in einem Laden alles sein
müsste, und was der Vermieter an Ver-
pflichtungen hätte. Er bekam die Antwort, das sei unterschiedlich, feste Bestimmungen gäbe es nicht. Wenn in
dem Laden etwas fehle, dann sollte
man sich einigen oder selber darum
kümmern.

Als Danny mir das erzählte, wollte ich es nicht glauben und rief einen Anwalt an, der sagte mir das Gleiche, er meinte, deswegen wäre die Miete so günstig. Nun wurde mir so manches klar, und ich ärgerte mich, dass alles an uns hängen blieb, aber der Laden war gemietet und recht günstig.

Danny nahm das Projekt „Strom" in die Hand, er suchte einen Elektriker, dazu sollte man wissen, das es damals in Spanien keine Lehrberufe gab, fast alle Handwerker waren „angelernt", mit viel Glück bekam man einen der in Deutschland gelernt hatte.

Unserer besaß gleich zwei Vorteile, er sprach deutsch weil er in Deutschland gelernt hatte, wir freuten uns riesig.

Fernando, der Elektriker war super, er stemmte die Schlitze und verlegte die Leitungen und auch die Steckdosen, wir konnten unsere Beleuchtung einschalten. Woher der Strom kam wussten wir nicht, war uns auch egal, die Hauptsache, wir hatten welchen.

Natürlich musste Danny die Wände wieder ausbessern und neu streichen, aber auch das ging vorbei und es konnte wieder ein Stückchen weiter gehen. Das WC mit Waschbecken sollte heute installiert werden und wir warteten auf die zuständigen Handwerker.

Endlich, die Installateure standen vor uns und fragten wohin das WC und das Waschbecken kommen solle, wir zeigten es ihnen. „Aha, meinten Beide, und wo sollen wir das alles anschließen?" „Hm, meinte Danny, wie meint ihr das, wo anschließen, weiß ich doch nicht, ihr seid doch die Fachleute." „Ja, aber wo ist das Wasser?" fragten die zwei.....

„Hääää?, fragten Danny und ich, wie, was, wo, ist das Wasser, das wissen wir doch nicht, ihr seid doch die Fachleute." Jetzt lachten beide schallend, sie wollten gar nicht mehr aufhören. Hast du das gehört, sagte der eine zum anderen, die wissen nicht wo das Wasser ist, aber wir sollen anschließen, hi, hi, ha, ha, ist das komisch. Das hatten wir noch nie, das ist einfach herrlich!

Die Zwei packten ihr Handwerkszeug zusammen und wollten gehen, aber das ließen wir nicht zu. Wir mussten wohl ziemlich verdattert ausgesehen haben, denn die beiden tuschelten miteinander und versprachen sich wieder zu melden.

Tatsächlich kamen sie an einem Samstagnachmittag wieder und verschwanden hinter unserem Laden um dort nach Wasser zu suchen. Verstehst du das fragte ich Danny, die wollen Wasser suchen. Keine Ahnung, antwortete er, aber ist mir echt egal, die Hauptsa-

che ist, sie finden Wasser und wir bekommen es.

Den ganzen Nachmittag gruben die
zwei und gegen Abend erschienen sie
und meinten sie hätten jetzt Wasser
gefunden und würden morgen anschließen. Wieso am Sonntag wollte
ich wissen? Weil wir am Montag keine
Zeit haben, außerdem wäre es besser
so, grinste die zwei.

Okay, wir sind dabei, also bis morgen.
Verstehst du das, fragte ich Danny,
nöö, sagte er, aber ich muss nicht alles
verstehen, ich will Wasser, und das
bekomme ich, was soll ich mir noch
den Kopf zerbrechen.

Da hatte er recht, und tatsächlich, am
Sonntag um zehn Uhr wurde unser
WC und das Waschbecken angeschlossen, und wir freuten uns dass wir
jetzt Wasser hatten. Erst nach mehreren Jahren erfuhren wir wer unser

Wasserlieferant gewesen war und warum wir es von ihm bekommen hatten. Die beiden „Installateure" wurden ganz liebe Freunde von uns, besonders der „große lockige Blonde", danke für alles!

Nun fehlte noch das große Schild über unserem Laden und wir suchten einen guten Schildermaler. Endlich hing das Teil über dem Laden und es sah toll aus. Eigentlich wäre nun alles perfekt gewesen, aber wir brauchten noch eine Laden Einrichtung und die sollte nicht all zu teuer sein.

Auf nach Palma und gesucht, und wo wurden wir fündig, in einem kleine Geschäft das Holzregale verkaufte. Stabil und günstig, genau das was wir suchten, dazu noch zwei Holzböcke und eine dicke Tischplatte, fertig die Innen Ausstattung.

Danny wollte den Regalen und der Tischplatte den „letzten Schliff" geben, das tat er dann auch. Die Regale wurden farbig lasiert und dann mit Klarlack überzogen, sah sehr schön aus. Die Böcke fein lackiert, die Tischplatte marmoriert und das in verschiedenen Farben, ich fand, es war eine echte Meisterarbeit. Der Tisch wurde auch immer bewundert und oft nach gemacht, allerdings nie so schön wie das Original.

Das Allerwichtigste fehlte immer noch, die Waren, und genau damit hatten wir ein ziemliches Problem. Denn die Farben und Lacke, das ganze Sortiment, kamen aus Deutschland und die Container lagen im Hafen, aber sie waren noch nicht frei gegeben und das konnte dauern.

Wir hatten in der Zeitung inseriert und natürlich ein Eröffnungsangebot rein gestellt das mussten wir zurück stellen und abwarten bis die Ware im Laden stand. Endlich konnten wir die Ware im Hafen abholen und einräumen. Unser VW Bus leistete damals viel, und wie heißt es so schön:" er fährt und fährt", und er fuhr noch viele Jahre für uns der Gute alte orange VW Bus.

Heute wurde es wahr, der Laden wurde eröffnet, und es war der erste deutsche Farbenladen auf Mallorca, das erfüllte uns schon mit Stolz. Danny sah glücklich aus, sein lang gehegter Wunsch hatte sich erfüllt, er stand in seinem lang ersehnten Farbenladen.

Der Farbenladen wurde ein voller Erfolg und viele Aufträge kamen durch den Laden zustande. Das hieß aber auch das Danny nicht alles alleine machen konnte, er brauchte einen guten Mann der ihn unterstützte. Und er fand auch einen der gerne Maler sein wollte, unseren Manolo. Mit Begeisterung lernte er wie man spachtelt, tapeziert und Zimmer streicht. Leider machte er sich selbständig und Danny musste einen neuen Maler suchen.

Einige kamen und gingen wieder, sie entsprachen nicht den Anforderungen die an sie gestellt wurden.

Danny musste oft von der einen Seite der Insel zur anderen fahren um die Leute zu beaufsichtigen, das bedeutete Stress und viel Zeiteinsatz. Es gab viel Arbeit und meist kamen die Aufträge zur gleichen Zeit und sollten schnell und gut erledigt werden. Und dazu braucht man gute Maler und viel Zeit, alles das, was schwer zu haben ist. Danny arbeitete oft fünfzehn Stunden und auf die Dauer macht das krank und ist sehr anstrengend.

Dann kam Dannys Sohn um seinem Vater zu helfen, aber die Malerei mochte er nicht, er wollte einen saube-ren Job und so wurde die Idee geboren einen Umzugs Service an zu bieten. Und wie Danny eben ist, setzte er diesen Gedanken schnell um und das ging so.....

Eines Abends kam Danny spät nach Hause, er sagte nur: "Komm schnell mit, ich muss dir was zeigen!" Sprachs und ging aus dem Haus auf einen großen gelben Lastwagen zu, der vor unserem Haus stand. Na, wie gefällt er dir, wollte er wissen, komm, steig ein, wir fahren eine Runde.

Ich stieg ein, Danny fuhr los. Zugegeben, es gefiel mir, ich fuhr gerne in großen Lastwagen, da konnte man alles überblicken und fühlte sich sicher. „Hab ich gekauft, sagte Danny, war echt günstig, hat sogar eine Hebebühne, ist doch toll, oder?"

Mit dem tollen LKW können wir Umzüge machen. Mein Sohn und ich finden das super.